時光

越

邨

一種屋邨情懷

TIMELESS ESTATES ──
PASSION FOR HONG KONG
PUBLIC HOUSING

梁瑋鑫 著
William Leung

目錄

成 為 屋 邨 愛 好 者 的 11 個 徵 兆

11 Signs of Public Housing Estate Lover

每個屋邨愛好者的啟蒙之路各有不同，不知以下的一些徵兆大家又有多少個？

1. 好奇身邊平凡事物

喜歡搭地上交通工具多過地下鐵，因為沿途能親眼看到不同區的事物，無時無刻都被車窗外的新奇事物所吸引，儘管只是一條平凡的屋邨、一幅普通的通花磚牆。

2. 喜歡看地圖

覺得花時間看地圖、看 google map 是有意義的，就好像在看《國家地理雜誌》一樣實用。從地圖探索屋邨的規劃、大廈形態、樓宇名字，再利用 google 街景功能尋找牛頭角下邨的舊貌，更是一種樂趣。

3. 懂得用心算數樓層

在車站等車的時候，以「數吓幾多層」來消磨時間。通常不需手指幫助，用心力和眼力由大廈地下一直數到頂樓。對著長長的舊型公屋，又會左至右地數數一層有幾多個單位，雖

然你早已知道答案。

4. 對色彩有敏銳觸覺

彩虹邨雖然鬆上豐富華麗的色彩，但你還是覺得曾經是全綠色的興華邨更令人難忘。每次屋邨進行粉飾工程，你都會期待它的外觀將會如何改變。

5. 愛上整齊的建築

你明白秩序井然的屋邨規劃是它最吸引的地方，橫線與直線的完美交錯規律是你的心靈食糧，可惜無瑕的線條經常受到外露的冷氣機所破壞。

6. 收集有關屋邨的資料及物品

從小學的課本開始，每看到有屋邨圖片的一課，都會剪下收藏。從網上或圖書館發現到舊屋邨的歷史圖片，會有莫名的興奮，甚至信封上的官方戳印，對你來說也份外有紀念價值。

7. 不懼怕走到陌生的屋邨遊歷

離開日常熟悉的生活圈，有時都會有點害怕，怕迷路、怕遇到未知的人和事，而且長輩總愛跟你說：「屋邨好雜㗎！」但你漸漸喜愛上陌生的地方，因為你知道越奇怪的地方，越能捉得多寵物小精靈。

8. 明白很多屋邨都是一副相似的面孔

當你遊歷了同區的不同屋邨之後，你會發現它們的設計好像很相似。當你遊歷了不同區的不同屋邨之後，你會發現相似的面孔之中，其實每條邨都有不同的特徵。

9. 看到一張普通照片，會猜得出拍攝地點

認識屋邨的初期，當你看到一張全景圖，你會很快便能說出屋邨的名字。認識屋邨的成熟期，當你看到一張通花磚的局部圖片，你也會很快知道答案。

10. 有拿起相機去記錄快將消失的屋邨的衝動

明白有些事物會隨時間消失，唯有用鏡頭盡量留住當下畫面，對於舊事舊物舊屋邨會特別關注，因為你知道它不知何時何日會逝去，學會了珍惜。對於已宣佈拆卸的屋邨，會每個月去「探望」，一直拍照記錄直至完成所有拆樓工程，就好像陪伴老朋友走完最後一程為止。

11. 情意結不只限於舊屋邨

大部份人的情懷都投放於石屎已經開始剝落的舊屋邨，而你的情懷由釘板落石屎的新屋邨建築工地開始發芽。無論是新落成屋邨、中齡屋邨、居屋或是中轉房屋，任何跟房署或房協有關的建築，你都會多加一點留意。就算是早已被私有化的公屋商場，依然會覺得它仍然是公有產業。

最後我希望透過分享我與屋邨之間的故事，告訴各位其實每個人心中都有一隻獨角獸，堅定地用自己的方式記錄自己喜愛的事物，就算別人貽笑你在發白日夢也毋須介意，心中總會相信自己的固執是沒有對與錯的，永遠對自己的初心抱有一份新奇，明天看到的，總比今天看到的更多，不休止地探索下去。

因為了解才不會是三分鐘熱度，這是一個漫長的記錄遊戲。

偏愛，由童年開始

Passion Stems from the Childhood

成長歲月：沙田新市鎮

1980 年，沙田新市鎮內第二個居者有其屋計劃落成入伙，剛剛出生不久的我，便與父母遷入這間新居屋 —— 愉城苑。那時沙田還是一個發展中的社區，愉城苑就在城門河畔，毗連沙角邨而建。從兒時的舊照片中看到，當我們搬進愉城苑的時候，沙角邨仍未全數落成，旁邊的乙明邨亦只處於施工階段，可想而知，當其時那一帶的確是一片荒蕪，被沙塵滾滾的地盤包圍著。

孩子時代最「遠古」的記憶，是三歲時第一天準備上幼稚園的情景。那時候我就讀的幼稚園在九龍塘，媽媽帶著我由愉城苑步行往沙角邨邨口乘搭校車，記得媽媽在我的書包中放了一條蔥，取其諧音寓意「聰明」，沿途又在沙角邨摘了幾塊樹葉給我作祝福。未幾校車駛到了，我十萬個不願意走上校車，大哭大叫，不想離開媽媽的懷抱，這個畫面我依然很記得。最後，車門關上，我展開了上學的長征旅程。

〈三人行〉有歌詞：「童年時逢開窗，便會望見會飛大象……」

我不是個愛說話的人，一天又一天，來來回回的上學車程中，我很少跟其他同學閒談，卻喜愛一個人坐在車廂中看風

景，從窗邊窺探世界。我乘搭的這架校車，乘客全部是住在沙田的同學仔，校車由九龍塘約道回程，經過窩打老道，車窗外都是洋房洋樓的豪宅景致，未幾校車緩緩地爬上山，經過無綫電視的舊總部，便到了獅子山隧道。我總覺得獅子山隧道是穿越了兩個世界，由一個傳統市區走入一個八十年代的新市鎮。車窗，打開了我的心窗，吹來的清風撥動了我的好奇。

「心就如密友，長路裡相伴漫遊……」

車子從污濁的隧道走出來，迎面的沙田清風送來一份回家的安全感，不過沙角邨並不是校車的第一站，我差不多是最後幾個站才落車的乘客，在沙田兜兜轉轉，眼球自然被窗外的事物吸引。那時很多同學住公共屋邨，記得校車離開獅子山隧道後的第一站便前往美林邨，一條外觀是綠色的公共屋邨；落了一兩個同學後便前往隆亨邨，一座啡色的長型大廈；不久又去了新翠邨，閘口有一個寫著「SUN TSUI」的大型石屎邨牌。輾轉越過秦石邨，大廈類型跟美林邨、新翠邨都十分相似，之後「登山」往新田圍邨，下山後再駛往乙明邨，直至到了沙角邨邨口，就是我結束沙田屋邨之旅的時候了。在這個過程中，我漸漸由一個害怕上學的孩子，變成一個愛上搭校車的學生。

漸漸我便發現，同一個年代的屋邨，都有相似的建築設計，一種近似的感覺。

媽媽在校車站接我放學後，會順便買餸和買些生活用品才回家，我跟著她走入沙角邨嘈雜的街市，再到商場的吉利士超級市場購物，有時也會到沙燕樓地下的麵包小店買個熱辣辣的椰賓。日常生活所需，基本上在沙角邨已能滿足。

不用上課的日子，我和家人會到邨內的大酒樓飲茶，也會走到城門河對岸的瀝源邨及禾輋邨打發時間。我那時候沒有看過港台劇集＜小時候＞，不知道 1975 年落成的瀝源邨就是沙田第一條公共屋邨，只知道邨內有一個很美麗的噴水

1. 由出生的那一年開始，在愉城苑度過了九個年頭的新市鎮歲月。（約攝於 1981 年）

2. 踩單車是「沙田友」日常，載我走出沙角邨，探索社區。（約攝於 1982 年）

1

2

池，每次到訪我都嚷著要求家人帶我去看。在花瓣形的水池中，噴水造成一個個大小不一的圓波波水球，這是在別的屋邨找不到的。而禾輋邨擁有當時沙田區內少見的冷氣屋邨商場，又大又舒適，好像永遠都行不完似的。

與沙角邨毗鄰的乙明邨及博康邨，亦是我小時候經常蹓躂的，博康邨內庭園設計的大型水池，及乙明邨大廈的外露式樓梯，都是我由細到大對附近環境的印象。

我的睡房，面對著一所俗稱「火柴盒」的標準設計小學校舍——沙角小學，不過我的小學生涯並沒有順理成章地入讀區內學校，而是繼續跨區到油麻地上學。每天上午，對面學校傳來的「打冷鐘」聲如定時鬧鐘，提醒返下午班的我是時候起床了，同樣是走到邨口搭校車。小二那年，有一天，發現校車的路線更改了，駛到一個很遠的地方，眼前看見幾座灰藍色的大廈，樓高 30 多層，十分宏偉，深深被那現代化的建築設計吸引。那是剛剛入伙的馬鞍山恆安邨 Y 型公屋，時為 1987 年。

漸漸我便發現，同一個年代的屋邨，外觀上雖然相似，卻是一個又一個獨一無二的小社區。

在周全的規劃下，八十年代沙田新市鎮的屋邨，是一個個完善的社區，各自設有商場、街市、遊樂場、社區會堂、公共廣場、停車場、球場，雖不是華麗的建築，但生活消閒的需要，基本上完全可以自給自足。屋邨，就是一個獨立的社區——這種先入為主的觀念，不知不覺間種在我童年的心底裡，成為我對屋邨的第一印象。

小時候遊歷沙田屋邨的畫面，雖然未能用相機記下，卻依然一一印在腦海之中。

星期六的約定：慈雲山徙置區

除了到市區上學的時間外，我的童年歲月基本上都在沙田區

度過。唯一能窺探區外屋邨的機會，就是星期六跟隨家人到慈雲山探望外婆。經歷戰亂的外婆，由貴人變成窮人，於五十年代帶著一家幾口來到香港定居，買下了九龍塘模範村一間簡陋木屋——那不是北角的公共屋邨「模範邨」，而是九龍塘一處山邊的木屋區。1966年，政府收地，把模範村的居民徙置到新建成的慈雲山新區，外婆被編配到第47座10樓的一個大房，雖說是「大房」，也只是一個不到200平方呎的單位，當時住了五個成人及一個小孩。慶幸的是每個單位都有獨立的洗手間，相比起早期要共用走廊洗手間的七層式徙置大廈，這些「十六層」已是不錯的安樂窩。

「1，2，3……66。」數數大廈，數數座號，迷上慈雲山城的數字遊戲。

回憶對於慈雲山邨的最早印象，是1985年。那年我五歲，由沙田住所出發到慈雲山，要先乘巴士到黃大仙，再走到黃大仙上邨南座旁沙田坳道的小巴站候車「登山」。沿「大斜路」雙鳳街經過了鳳凰新村，便進入慈雲山邨範圍，開始用眼睛好奇地「錄影」這個建於六十年代的山城。首先看見的是八層高的第4座，拐一個彎便到了16層高、橙色的第16座，相連著第15座及一所火柴盒校舍——聖文德小學。經過第57座，車子轉上更陡峭的雲華街，眼前是一個廣闊的中央球場，遠眺是一排又一排的「十六層」大廈，真是宏偉的公屋山城。一句「轉彎有落」，便到達了外婆所在的第47座。幾分鐘的車程，就這樣穿梭了慈雲山的60多幢公屋，學習了關於數目字的一課。

下了小巴，眼前的牆壁寫上「47」及「愛勤樓」，我問媽媽哪個名字才對，她說是一樣的，後來我才知道整個慈雲山新區共有63幢徙置大廈，由第1至66座，當中第54至56座從來沒有興建。由於規模大，為方便管理，後來分拆成五個屋邨，除了座號外，還加上一個樓宇名字。而第47座愛勤樓就屬於慈愛邨範圍。

3. 剛搬到愉城苑時，窗外的沙角邨銀鷗樓仍在施工階段。（約攝於1980年）

經過地下的一排店舖，有士多，有雅座延伸至行人路的茶

14

4

5

4. 有一年農曆新年，跟爸爸到慈雲山邨 51 座樓下的年宵檔買了一盆
桔到外婆 47 座的家，逗得她笑逐顏開。（約攝於 1988 年）

5. 18 歲那年，專程走訪葵涌邨拍攝，為那些殘舊的屋邨印象留影。
（攝於 1998 年）

餐廳，便到達了第 47 座的屋邨大堂。這裡猶如一個樞紐，貫通了巴士站及鄰座大廈，人流如鯽。有人流，自然有商機，煎釀三寶、臭豆腐、夾餅、炸薯條，小販在大堂的牆柱之間找個最佳位置開檔，石油氣罐供應的爐火熱力、萬年油的油煙，交織成了街頭小食的日常景象。

這類十六層高的徙置大廈雖然設有升降機，但只通往其中兩層，不是層層有輄。外婆家在十樓，我們便乘搭升降機往九樓，然後走樓梯上一層。在樓梯的轉角已傳來陣陣的衣車聲，走完最後一級樓梯，眼前的十樓大堂燈光雖然昏暗，一看已有幾位太太各就各位，織織復織織，在衣車前埋頭苦幹，有的在做衫，有的在車棉花。我問媽媽，她們在家中車衣不是更自在嗎？「屋企又細又多人，何來有地方工作。」她說道。原來 1966 年入伙的第 47 座，早已是屋邨「工廠」，當時香港工業發達，需要龐大的勞動力，但不少婦女因要照顧家庭未能全職工作，於是新蒲崗工業區的廠商想出妙計，派車運送原材料上慈雲山邨，太太們就可以留在邨內一邊照顧家庭一邊工作，賺點外快幫補家計。家門外空間十足的公共大堂，就成為她們的快樂工場。媽媽說：「現在已經不算多人，以前還更熱鬧。」當我於八十年代親臨這條徙置屋邨時，它已是樓齡二十、人口開始老化的「紅番區」。

尚未踏進外婆的家，穿過一小段走廊，兩旁的住戶都喜歡打開門，只拉上鐵閘，光線便從鐵閘的空隙間照射到走廊，一陣陣清涼的對流風自然形成。走進外婆的家，200 平方呎的屋內一眼無遺，而這個小小的家竟然是有「閣樓」的。原來早在 1966 年入伙之時，外婆便找了裝修師傅，用鐵架建造了一個閣仔，佔廳中約三分一面積，共可睡四人。閣仔的「樓底」只有約兩呎，睡覺時一不小心就會撞到天花板，不過相比起碌架床，搭一個閣仔起碼可以騰出一些空間添置飯桌，令空間更「見使」。要爬上這個離地五呎高的閣仔，對於小時候的我有一些挑戰性，因為沒有樓梯，首先我要踏上飯桌的椅子，然後再爬到飯桌旁的半身櫃櫃面，身體挨著露台與廳之間的百葉窗，一隻腳靠百葉窗旁的一條鐵枝借力，一手捉著閣仔的鐵欄，此時另一條腿用力把凌空的身體

推入閣仔，比起爬「馬騮架」更驚險刺激。

露台與室內，由一片片玻璃百葉窗分隔，在原本的設計上，露台是個無遮擋的開放間隔，風吹雨打的時候才關起百葉窗擋風，但實際上不少住戶早已在露台加裝窗花，百葉窗於是變為裝飾，外婆索性利用這個小小空間，栽種了多款紫羅蘭，由一片葉子開始培育，片片的百葉窗成為一層層的垂直花圃，層次細膩得看半天也不會悶。一個家，就是要注入情感。

外婆的家面向正南，對正中央大球場，慈雲山其他四條屋邨全景盡收眼底，相當開揚，日照由早上到黃昏直送屋內，可說是慈雲山徙置區的「樓王」。有一次維港煙花匯演，我們一家安坐露台，遠眺在維港上空盛放的煙花，雖然沒有近距離的震撼，但在前方公屋的燈火映襯下，卻有一種說不出的溫暖感。生活是一種藝術，無論空間是多是少，其實在乎如何尋到趣味。

星期六，外婆煮完午飯後，毫不猶豫地搬出了攝在牆邊的麻雀檯板，轉眼間飯桌就變成了四方城。打開鐵閘，不一會兒，住在同一座的雀友街坊湧至，竹戰聲此起彼落。在沙田愉城苑，女性鄰居之間通常多以「太」稱謂，例如趙太、袁太。但在慈雲山，除了「太太」、「師奶」外，還會以其兒女的名字再加上一個「媽」字相稱，例如女兒叫「阿芬」，便叫「芬媽」。我的細舅父叫「阿海」，因而街坊們都稱呼我的外婆做「海媽」。

竹戰期間，門一直開著，有路經的街坊進來搭訕幾句，我屈膝在狹小的半邊梳化上看電視，此時長長的走廊如山洞傳來陣陣回音，聲音越來越近，原來是一位伯伯擔著一桶自製豆腐花，一邊穿梭走廊，一邊叫嚷著：「豆腐花，熱辣辣既豆腐花啊。」外婆從廚房拿了幾個碗，就這樣在家門口完成了幾碗豆腐花的交易，我也分得一碗，真的是清香爽滑。未幾，走廊又傳來叫賣聲音，今次是一位賣缽仔糕的婆婆，白色、啡色，有豆、無豆，任君選擇，我就最喜愛「白色

6. 中二那年，我開始嘗試用影像記錄快將消失的舊屋邨，然而缺乏攝
影技巧的我，第一張「公屋相」便成了「鬆郁矇」的模樣。（攝於
1994 年黃大仙上邨）

「無豆」，人手自製的缽仔糕黏黏韌韌，機器生產的絕對比不上。除了民間美食，還有上門箍煲、磨刀、磨鉸剪，街坊就在自己住的地方用雙手謀生。

打了幾圈，六時將至，大家都趕著回家煮飯。麻雀檯又變回飯桌，此時電視機傳來六點鐘新聞的嘟嘟聲報時，提醒外婆又到六點了，夠鐘「裝香」，門外走廊的土地公公和家中供奉的祖先神明，一一燃起香火。家家戶戶忙完上香後又忙著煮飯，鐵鑊與鐵鏟的碰撞聲，熱鍋爆香的蒜頭，燒酒結合肉香，神壇上燃點的香燭，整條走廊都散發著屋邨的氣味。

慈雲山這種六十年代落成的徙置屋邨，原始又簡單，沒有甚麼配套，要生活，要娛樂，都要花點心思行多一步，正正屬於「靠自己」的年代，明顯跟八十年代的沙田屋邨是兩個世界，成為我對屋邨的第二印象。

然而當我懂得細味徙置區的生活哲學時，已是遲來的春天。

舊式公屋情意結

1985 年，「26 幢問題公屋」事件成為新聞焦點，當時五歲的我不太清楚新聞報導的內容，只記得晚晚在電視上出現不同屋邨的畫面，慈雲山第 61 座也穿梭在鏡頭間，居民圍著大廈的一條大裂縫議論紛紛，爸爸就說：「呢啲係危樓！」危樓，這兩個字我聽得懂，也幻想到其模樣，殘舊破爛，甚至有倒塌的風險。與外婆同住的細舅父曾在建築工地工作，他對這個「屋邨危樓」的話題十分肉緊，有次電視機上出現相關新聞，他便對我說：「你睇吓，葵興邨成幅牆裂開咗！」畫面上的屋邨都是十多二十層半新不舊的大廈，我說慈雲山也好像榜上有名，細舅父此時就更興奮地說：「我帶你行一轉！」在他這個地頭蟲的導賞下，我就這樣展開了慈雲山半天遊。慢慢建立對屋邨的印象，明白了沙角邨以外還有更多可能性。

我們先走到成為了問題焦點之一的慈民邨，平時只會搭車

時經過這裡，第 61 至 65 座環環相扣，圍城般的設計如一個大迷宮。當中第 63 座「隱藏」在被其他四座包圍的天井之中，天井地下是街市，四邊填滿住宅單位，樓宇侷促又壓迫，加上街市的嘈雜聲在天井中迴響，兒時印象至今依然相當深刻。遊走了一會，輾轉走到中央遊樂場，有石屎水渠串成的「捐山窿」、鐵製的馬騮架，款款舊式的遊樂設施，從未在沙角邨見過。水渠內佈滿雨後積水，馬騮架更是高危遊戲。玩了一會兒，細舅父帶我走到鄰近的沙田坳邨，全邨只有兩幢大廈，都是長型設計，但感覺上較慈雲山邨整齊。這次是我人生中第一次逛屋邨的經歷，親身探索沙角邨以外的新奇。

童年的歲月中，慈雲山讓我了解舊式屋邨的模式，亦大概懂得分辨不同的樓宇類型。直至 1989 年左右，一份重建計劃單張寄到外婆的信箱中，通知整個慈雲山邨分期重建，而第 47 座及鄰近幾幢大廈計劃於 1992 年清拆。當時對於拆樓搬新屋，不少住戶都十分期待，始終 20 多年歷史的慈雲山邨已老態盡現，設施配套亦追不上居民所需。雖然公佈了重建計劃，但大型的維修工程依然進行，第 47 座 7 樓有一半的單位被收回，工人運來一根根大型工字鐵，居民都很好奇到底有甚麼搞作，原來驗樓後發現大廈安全系數偏低，需要以工字鐵由地面支撐至 7 樓，承托上層的重力。這種以鋼架穩固樓宇結構的工程，同時亦在慈雲山邨內幾幢樓宇展開，記得有次我跟外婆專程走到對面鄰居單位的露台探頭向下望，看到了這個「宏偉」的大鋼架。

納入重建，就是快將消失的訊號。

1989 年，當時我只有九歲，卻已深深體會慈雲山邨由成熟走向蒼老的一面，由大鋼架支撐的公屋，彷彿是命不久矣的病人。腦海的一些零碎片段，如 1990 年藍田邨第 13 座全幢丟空，宛如鬼屋；秀茂坪第 26、27 座外牆掛上「此座將進行重建」字樣；從地鐵列車上看到葵興邨第 1 座的大鋼架。一點一點的畫面，漸漸堆積了對舊公屋的絲絲情感。

隨著 1988 年展開的「擴展重建計劃」，所有「患病」的徙置屋邨及廉租屋邨於十多年內被分批清拆，進入九十年代，就是一個高速推進的重建巨輪。

一本地圖走入屋邨世界

1991 年 3 月的一天，我滿心喜悅地陪外婆到鑽石山新落成的鳳德邨「收鎖匙」，外婆被派到銀鳳樓一個 300 多呎的三至四人單位，面積比起慈雲山的舊屋足足大了一半。我拿著鎖匙打開門的一刻，心情興奮，新屋的設施的確是完勝舊屋，但這亦是我們跟慈雲山邨話別的時候。1992 年，第 47 座完成搬遷並隨即展開清拆工程。

沒有機會再接觸徙置屋邨，便自己製造機會，於是我從一本地圖開始探索，希望重溫慈雲山邨的味道。

以往對其他屋邨的印象，都是從課本上的照片而來，記得小學時有一科叫社會科，課程圍繞香港的發展，課本上有新屋邨也有舊屋邨的照片，令我對各區的屋邨有少少認識。

初中時代，我打開一本 1993 年的香港地圖，逐頁細看，探索不同區域的屋邨規劃、大廈型態、樓宇名字，帶來相當驚喜，尤其對一些舊屋邨更添一份好奇。當時大量屋邨開始進行重建，新聞報章也會刊登哪些邨哪些座數將會拆卸，於是我靠一本地圖及一份清拆名單，規劃一個人的「觀光」路線。首次到屋邨「自由行」是 1994 年，當時我已跟父母由沙田的居屋搬到藍田的私人屋苑居住數年，記得有一次搭車到葵涌的葵盛東邨，眼前只有三幢大廈，是第 12 至 14 座，我即時拿出地圖看看，明明就是一個大型屋邨，怎麼只有寥寥無幾的舊公屋大廈？此時另一方傳來「呼呼」的工程聲，原來第 15 至 17 座已拆剩兩層，拆樓工程如火如荼。時間在燃燒，眼前的景象瞬間消失，我明白光是遊走舊屋邨還不夠，還要在它們消失前留住當下的景象。

我可以做到的，就是用影像記錄，拍攝我眼中的公共屋邨。

7

7. 1998 年改用了一部單鏡菲林相機，對焦準了，相片清晰度高了，但構圖仍然是四平八穩，平平無奇。（攝於葵涌邨）

由菲林傻瓜機入門

要拍攝，於是我借用了家中的傻瓜菲林相機。初中時代的我完全不懂攝影，連相機如何操作也不懂，平時也只會拍家庭生活照，究竟公屋應該如何拍？1994年還未有互聯網，攝影知識也不知可以從何找到，唯有硬著頭皮自學。這部傻瓜機是自動對焦的，有兩段變焦（35mm 及 80mm），插上菲林便可使用，於是我懷著興奮又緊張的心情，展開了第一次屋邨拍攝。

第一張公屋相，是「鬆郁矇」的失敗之作。

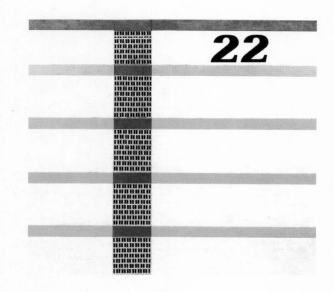

黃大仙上邨是我第一個拍的公共屋邨，我來到上邨外圍察看，拿出相機從觀景窗構圖，發現就算是廣角的 35mm 焦距也無法把大廈納入鏡頭之中。我懊惱了一陣子，但相機的條件無法改變，唯有自己遷就。既然心想要拍得全邨景象，那麼如果離遠一點，從對面馬路拍過來的話，可能就有機會成功。的確，我拍得了全邨外貌，但沖曬出來的作品，是對焦失敗的爛相。

幾年間，我利用這部全自動的家庭式傻瓜機，以 35mm 視角學習拍攝公屋，一個人遊走了舊日的藍田邨、秀茂坪邨、葵涌邨、梨木樹邨等等六、七十年代的徙置區及廉租屋邨，當然我最想探訪的，是慈雲山邨。1995年，慈雲山邨已經拆得七七八八，我嘗試在中央遊樂場尋回童年時細舅父帶我探索的畫面，舊日熱熱鬧鬧的遊樂場變得人煙稀少，環繞球場的徙置大廈只剩下第 48 至 50 座，童年的印象大都已淹沒在重建的巨輪下。

1998年，爸爸送了一部入門的菲林單鏡相機給我，可以控制快門及光圈，我努力溫習相機說明書，看完一遍又一遍，開始懂得基本的相機操作，拍出來的影像也開始有了進步。

搜集屋邨設計圖與歷史

公屋雖然是香港最普及的建築之一，但有關屋邨設計的資料其實相當零碎。九十年代唸中學時，我已經很喜歡看建築物的平面圖，唯獨公屋的卻十分難找，而樂富的居屋中心就成為了其中一個收集平面圖的方法。每次推出新一期居屋，簡介上都會印上大廈平面圖，而因為某些居屋的樓宇設計其實跟公屋大致相同，例如和諧式等等，令我從售樓書的字裡行間，漸漸認識各種樓宇類型。1998年，香港首次推出「租者置其屋」計劃，計劃中的屋邨租戶可以購買所住的單位，當時外婆居住的鳳德邨也榜上有名，而鳳德邨的售樓書我依然保存至今，算是我第一份正式搜集的屋邨設計圖。

與其搜集，不如動手畫。

由於有時候只會找到單位的設計圖，於是我索性到現場「視察」，收集數據，再於電腦中自行繪製，模擬出完整的大廈甚至是屋邨設計。從不斷收集屋邨設計圖的日子裡，我開始了解公屋自成一格的建築肌理，不同年代的屋邨，都有不同的建築風格，而它們的共通點就是——秩序井然。

千禧年代初，互聯網普及化，漸漸在討論區出現了不少有關公屋的條目，總會引發熱烈討論，我也因而認識了一些同樣對公屋有興趣的朋友，互相交流，增進了對舊屋邨的歷史認識。一些童年時解不開的疑問，如一片片散落的小拼圖，透過討論區漸漸找到答案，變成一幅完整的屋邨歷史拼圖。

對公共屋邨產生濃厚興趣，在於它是香港發展歷史的一面鏡，真實而動人。當我越了解它，攝影角度也開始出現變化。由中學時代從建築設計角度出發，漸漸學會先思考一下它的歷史，再把故事融入相片之中。然而，要做到這一點，又是另一個挑戰。

左上：2009 / 石硤尾邨
左下：2005 / 沙角邨
右上：2003 / 興華二邨
右下：2009 / 白田邨

用鏡頭表達我眼中的公共屋邨

我不是因為喜愛攝影而找一些主題來拍，而是我對公屋著了迷，因而需要借助攝影來表達我心中的感覺。

我硬著頭皮，由認識光圈快門開始，經過漫長的學習，屢敗屢戰，總算掌握了一點點基本的攝影技術，起碼拍出來的照片不致於鬆郁矇，然而也只是四平八穩，流於純記錄性質。2002 年，我擁有了第一台數碼相機，雖然只有 200 萬像素，卻因為省去了沖曬菲林的成本，我開始越拍越多，隨見隨拍，過了幾年，已拍了好幾萬張相片，而問題也隨之而來。

自我重複，原地踏步。思考要找一個出路，突破固有框框。

有一些屋邨，我每隔一年去一次，幾年間已拍了幾遍，打開電腦看看早年的作品，原來每一次我都沿著一條相同路線，從屋邨的正門進入，繞一個圈便由另一端離開，因此角度無論多少年都是千篇一律，甚至跟其他人拍攝的構圖一樣。即是說，我重複之餘，更沒有自我風格。2008 年，我在攝影的旅途上出現大樽頸，差不多有半年時間沒有到過屋邨拍攝，當時已拍了公屋超過十年，我在問自己，這些年來的作品，到底有何價值？200 多條屋邨都差不多拍過了，還要繼續重複拍下去嗎？

當時的攝影文化都以拍攝風景、人像、運動、生態等為主，拍公屋絕對是另類，曾有一些朋友及攝影人跟我說，「公屋其實有甚麼好拍？平凡到不得了吧！」我也問自己，拍一些主流題材不是更易得到認同嗎？的確，更易「呃 like」，但我的初衷是甚麼？就是對公共屋邨的情意結吧。

否定固有定律，重新在攝影路途出發，以前不會留意的畫面，現在會加入個人情感去表達。反思了半年我開始想通了，我的問題是我進入一條屋邨拍攝時，腦海中並沒有對景物的預想，只是「見甚麼，影甚麼」。而我心中最想遇

上：2015 / 愛民邨
左：2015 / 啟業邨
右：2013 / 象山邨

22

到的，就是童年時在屋邨經歷過的畫面，有哀樂，也有悲歡，是人情跟社區的互動關係。

對我來說，人文風景比自然風景更加美麗動人。

我開始嘗試把自己投射到在屋邨中遇見的人物身上。有一次在啟業邨，看見一個婆婆在執拾落在地上的木棉花，附近就是木棉樹，一看之下，木棉花已落得七七八八。我在想，婆婆拾花要來做甚麼？應該是用來煲五花茶吧，但幾朵花又怎夠？又再一想，她可能已在這裡拾了一個早晨。真的沒有猜錯，樹下有一張長椅，上面放了幾十朵木棉花，此時她拾完回來，收穫又添幾朵，然後就坐在同一張長椅上，繼續守株待「花」，耐心等待花落之時。就這樣，我投放個人情感於每一個畫面，漸漸建立了一種對人對事的預感。

又記得有一次在愛民邨的公園，有一個伯伯坐在一張兩座位的椅子上看書，看得入神之際，旁邊藥行養的一隻花貓走出來散步，未幾走到伯伯身邊，我心想如果貓兒跳上伯伯旁邊的空位，陪伴伯伯看書，一定很溫馨。我在等待這個預想的時刻，結果一會兒後，花貓真的跳上伯伯旁邊，我很興奮但又不敢流露出來，怕影響「劇情」發展。起初貓兒背著伯伯坐，各自修行，我拍了幾張照片又繼續等，等到花貓終於轉身用眼睛盯著伯伯，就好像陪伴著朋友看書一樣，我心想這就是最佳的時機了。

以往自我重複的日子開始改變，就算再走到相同的屋邨、相同的背景，拍出來的照片都不會再一樣，因為我每一次都會遇到不同的人物和故事，一種由時間、人物、地點三方面互動構成的屋邨情景。

現在我明白到，拍日落風景不一定要到白泥，華富邨也可以；拍蝴蝶採花不一定要到大埔鳳園，蝴蝶邨的花圃也可以；拍運動不一定要到舉行賽事的體育館，大興邨的籃球場也可勝任。突破固有因循的規限，原來任何攝影題材也可在屋邨找到。

重拾拍攝動力，相信明天拍的總比昨天不一樣，每一個時刻都是一瞬即逝。有時看見一個很吸引的背景，但時間及人物可能時機未到，我就會徘徊於此，花上一兩小時，直至等到最好的一刻才拍。明天就是一個新希望，就是我永遠不會停下來，永遠不斷探索屋邨的推動力。

童年時對公共屋邨建立情愫，中學時舉起相機尋找消失的屋邨片段，一天一點搜集資料，認識每一條屋邨的歷史，年年月月的實地觀察，由冰冷的建築物中拾回點點屋邨溫情。現在的我依然不清楚我拍出來的相片有沒有藝術價值，但至少我希望可以為每一張相片傳遞一個小故事，一個真實的片刻。

觀察，是相信你所看到的；喜愛，是相信你所著迷的。在漫長路間，找回對昔日慈雲山邨的情懷，重度沙角邨遊樂場上的歡欣，這就是我去拍公屋的初衷。

香港屋邨的步伐

The Journey of Hong Kong Public Housing Estate

五十年代橫向的肌理

上世紀五十年代，是香港公共屋邨發展的啟蒙時期，當時建成的屋邨都帶有實驗性質。從第一型徙置大廈——石硤尾邨開始，便採用標準化設計，同一條屋邨的樓宇類型相近，每層多達數十個單位，佔地面積寬廣，而樓宇層數卻不多。在闊度大於高度下，形成簡單而重複的橫向線點，配合外牆鮮明的粉飾，重疊成密集而帶有個性的畫面。一格又一格相同的單位，複合成一幅又一幅堆密填滿的「公屋牆」，如拼圖般構建富有香港特色的建築肌理。

早於 1954 年建成的首批徙置大廈，樓高「六層」；次批建成的加多一層，變成往後常見的「七層大廈」。這些呈 H 型的大廈，中間相連的廁所等公共空間，至七十年代才被改建，共用廁所變為獨立廁所，廁樓遭清拆，於是 H 型分開成兩個 I 型，即一座分成兩幢獨立大廈，後又將舊時天台校舍改建成住宅單位，變成「八層大廈」。

對我這個八十年代出生的人來說，五十年代的徙置區如隔世故事，總是神秘又遙遠。記得當時去慈雲山探訪外婆都會路經黃大仙下邨，走過幾步就是一些尚未重建的第一型徙置大廈，印象中是第 16 及 17 座一帶，環繞大廈四邊的外露式走廊是它的標記，然而外觀相當殘舊，天台佈滿了東歪西倒的魚骨天線，一點也找不到屋邨應有的整齊與美感。

踏入千禧年代，八十年代末推行的「擴展重建計劃」已接近尾聲，不少徙置

大廈（及廉租屋邨）已拆得七七八八，剩下來的石硤尾邨就變得如國寶般稀罕，而自成一隅的美荷樓得以保存並活化成今天的青年旅舍。

另一邊廂，屋宇建設委員會也於 1957 年落成了第一條公共屋邨——北角邨，當時屬優質公屋，只有 11 層高的設計，整個屋邨如橫向的城牆，配合特大的露台，帶有強烈的個性，在其他屋邨絕對找不到相似的面孔。

翌年，屋宇建設委員會落成的第二條屋邨——西環邨，至今依然是狀況良好的「50 後」屋邨。邨內五幢樓宇建於堅尼地城一個山坡之上，錯落有序。當年它被形容為優質屋邨，因為在建築設計及居住環境方面，都明顯比同期的徙置大廈優勝得多。住宅單位設有獨立洗手間、廚房及露台，樓宇悉心分佈，空間感充裕，優雅外形似洋樓多於平民屋邨。

六十年代標準化設計

經過了五十年代的啟蒙期，公共屋邨逐漸找到自己的角色及定位。進入六十年代，一切都在急速轉變，經濟改善的同時又遇上人口膨脹，這十年間，既要短時間內應付龐大的住屋需求，又要提升居住環境質素，最快捷的方法就是盡量統一建築設計。徙置大廈便是其中一種採用標準設計的公屋類型。

六十年代的徙置大廈變化非常明顯，由第二型至第五型歷經幾次換代，每次變款都總會有所改善。六十年代初出現的第二型徙置大廈，規格其實與 H 字型的第一型大廈頗為相似，都是沒有獨立設施，依然要在公共走廊煮飯，在公共水房洗衫，只是外型上改為「日」字型設計。1964 年第三型大廈陸續落成，建築設計改為中央走廊設計，住宅單位終於有獨立的露台煮飯，但廁所及水房仍然是公用的，即坊間俗稱的「八層大廈」。

一年後，徙置大廈又出現新設計，1965 年落成的東頭邨第 22 座成為首幢第四型大廈，全面向高空發展，俗稱為「十六層」。採用中央走廊設計之餘，廁所終於成為獨立設施，並且設有升降機服務，單位數目因而大量增加。1967 年第五型大廈出現，依然是 16 層高，但單位大小不一。此時大量標準設計的徙置屋邨建成，慈雲山、秀茂坪、藍田等大型徙置區，都有一副似曾相識的模樣。

我之所以喜愛公共屋邨，「十六層」絕對「功不可沒」，因為童年時外婆在

慈雲山的家就是這類大廈，所以自小就對「十六層」有一份親切感。

吸引我的原因，首先是一種強烈的密集主義，一格一格的單位排得密密麻麻，其次是把橫向的建築肌理發揮至極點，可以幾座相連及三翼甚至四翼的設計，一層已經有過百個單位，大廈整體長度接近 200 米，猶如公屋中的長城，形象十分鮮明。最後是山城感覺，市區平地有限，不少「十六層」如慈雲山、藍田、秀茂坪、石籬等等大型徙置屋邨都建在新開發的半山上，自成一隅。樓宇錯落在不同的平台上，有高有低，形成一種有秩序的層次感。

與此同時，屋宇建設委員會由 1957 年的北角邨至 1974 年的愛民邨，共建有十條屋邨，早期一批屋邨，例如北角邨、西環邨、彩虹邨及蘇屋邨等，建築風格迥然不同，都自成一派，沒有標準的建築式樣。六十年代初，屋宇建設委員會旗下的屋邨開始出現「撞樣」，福來邨跟和樂邨中的低座大廈採用相同設計，後來 1974 年落成的愛民邨直情是華富邨的「九龍區復刻版」，兩邨都用上設計大致相同的長型及雙塔式大廈，亦漸漸出現標準設計。

臨海而建的薄扶林華富邨，在屋宇建設委員會的規劃下，形成自給自足的社區，優美的居住環境、建築配合生活需要，成為多年來的模範屋邨。華富邨內十多幢大廈於 1967 至 1970 年分批落成，其後於 1978 年擴建，額外加添兩幢雙塔式大廈。2014 年隨著政府宣佈重建華富邨，一個幾萬人居住的社區正步向晚年。

屋宇建設委員會另一傑作——蘇屋邨，流露英倫風格，就如公共屋邨中的皇室貴族。同樣是屋宇建設委員會早期所建的優質屋邨，北角邨幾幢大廈的建築設計是一脈相承，西環邨也是一樣，同一條屋邨有同一副面孔，但蘇屋邨十幾幢樓宇卻採用了幾款風格迥異的建築設計，恍似是一罐傳統英式雜錦曲奇，每款都各有味道。

此外，定位比徙置區高一級，檔次又不及屋宇建設委員會的優質屋邨，政府廉租屋邨便是介乎兩者之間。1962 至 1973 年間落成的政府廉租屋邨，由初期只有幾層高的設計漸漸發展成 20 層高。我對這款 20 層高的政府廉租屋感受很深，因為它是 1985 年「問題公屋」事件的主角之一，葵芳邨、葵興邨、葵盛東邨等等的問題公屋都是這款設計。

我童年時對這款公屋過目不忘，一來是對「問題公屋」事件印象深刻，二來

是它的橫向建築肌理有「十六層」徙置大廈的影子，線條卻比「十六層」更整齊。中學時開始拍攝公屋，也走訪了一些當時準備拆卸重建的政府廉租屋邨，用眼球也用相機記錄一番。

雖然政府廉租屋邨計劃隨房屋委員會於 1973 年合併三類屋邨而消失，不過消失的是制度上的名義，它的設計靈魂一直影響部份七十年代的屋邨，如瀝源邨、荔景邨、葵盛西邨、漁灣邨、興華二邨等等，建築風格上依然是流著政府廉租屋邨的血。

七十年代的雙塔式美學

六十年代的徙置區予人「紅番區」的混雜，政府廉租屋邨雖然環境較佳，卻又少了一點生活趣味，屋宇建設委員會屋邨固然優質，可惜十多年也只建成十條優質屋邨。1973 年，香港房屋委員會合併了上述三類屋邨，往後就只有一視同仁，不再分甚麼高級低級，改寫了公屋發展的方向。

七十年代的公共屋邨，最明顯是整體規劃上的改變，樓宇佈局變得心思細密，例如六十年代的半山屋邨都沒有考慮上落問題，由地面「上山」沒有快捷的途徑，而七十年代的半山屋邨如葵盛西邨、興華二邨等，便加入了大型運輸升降機塔，垂直貫通屋邨中的不同平台，令「上山落山」變得輕鬆。

商店、停車場、公園、球場等不再像以往如散沙般散落於不同位置，而是變得整齊，有規劃，例如商店會集中在商場裡，而商場通常在屋邨的中心位置，商場附近會有街市、停車場，而公園、遊樂場、球場及社區會堂就平均分佈於屋邨不同角落。噴水池等點綴亦開始出現，例如 1975 年落成的瀝源邨，其球狀噴水池至今依然是邨內的景點。水池代表著活力，屋邨亦變得生動有趣。

入住七十年代新市鎮的屋邨，美其名可說是「拓荒者」，實際上就是「開荒牛」，要吸引居民由市區山長水遠遷入新市鎮，自然要比市區的屋邨有更好的環境。長青邨、禾輋邨、瀝源邨、大興邨等七十年代的屋邨，都有一個共通點，就是樓宇與樓宇之間十分寬闊，還有廣闊的公共空間；而第二個共通點就是都建築於當時的新市鎮之上。

當時便出現雙塔式公屋（Twin Tower），俗稱為「井字型」，其設計突破傳

統的規劃，並結集了實用性與建築美學於一身。1970 至 1984 年間，合共建有 56 幢雙塔式大廈，遍佈港九及新市鎮。單位設計是傳統的箱式格調，屬當時典型的公屋戶型設計，獨立的廚房、浴室、露台及對流窗。由於其充滿美學線條的天井設計，成為了「港式經典」。

1970 至 1971 年，華富邨地勢較高的 4 幢廿多層高大廈，成為本港第一批落成的雙塔式大廈。它們雖然採用跟低座大廈相同的單位設計，但單位排列上卻不是傳統的中央走廊長型設計，而是以開放式走廊圍繞一個天井，走廊的四面是住宅單位，形成一個「塔」，而整幢大廈由兩個相同的塔樓相扣，一翼較高而另一翼較低，命名為「雙塔式」設計。

其後屋宇建設委員會於九龍籌劃另一個大型屋邨，並以華富邨的規劃為藍本，再次採雙塔式設計作修飾改良，正是愛民邨。七十年代初，屋宇建設委員會擬於青衣及荃灣籌劃新屋邨，並繼續採用雙塔式設計。然而 1973 年徙置區、廉租屋邨及屋宇建設委員會合併為香港房屋委員會，負責統一興建及規劃事務，於是雙塔式設計更被大量採用，正式由一款原本只為個別屋邨度身訂造的獨立設計，變成一款於七八十年代屋邨經常採用的標準設計。

標準的雙塔式大廈由高座及低座組成，一個升降機大堂及三條樓梯，標準樓層共有 34 個出租單位，每幢合共約 730 個住宅單位，以當時的分配單位編制計算，合共為超過 5,000 人提供居所。雙塔式大廈兩翼相同設計的構造亦有助減少建築成本，1976 年興建一幢雙塔式的建築費約為 1,500 萬元。另外，亦同時兼顧環保原則，充份利用自然資源，其設計優點是寬闊的天井有助單位的空氣流通，公共走廊的採光度充足，低座的天台亦曾開放作公共空間，作為曬晾場及嬉戲的地方。此外，天井構成的幾何圖案，從不同角度觀看會帶來變化多端的視覺效果，呈現出一種簡樸的建築美學。

八十年代縱向的肌理

進入八十年代，機械化建築技術普及，推動公共屋邨趨向高空發展，七十年代的標準設計如雙塔式及長型大廈等等，樓高平均 20 層左右，而八十年代的 Y 型大廈一下子便躍升至 35 層高。整個建築線條由以往常見的橫向肌理，演變為縱向肌理，這是八十年代屋邨的突破。

標準設計亦百花齊放，甚至能夠按不同地盤的限制而變得更具彈性。工字型

及 I 字型大廈分為單座、雙座及三座相連設計，相連長型大廈又分成三款，而 Y 型亦有四款標準設計之多，還有各類長型及新長型大廈，雙塔式亦沿用至八十年代中期。單單說標準設計已有十款以上，相當精彩。

另外，每款標準設計其實都是為了配合單位編配機制，當時「配房」分為四類，A 類為小型單位約可住三人，B 類為中型單位可住五人，C 類為大型單位可住七人，而 D 類為特大型單位可住八人以上，可以因應需要自由配搭。因此一條屋邨由幾款大廈設計組合而成，形成八十年代多元的屋邨肌理。

童年在沙田的歲月，深深體會新市鎮屋邨之美。乙明邨位處城門河畔，高座與低座設計層次分明，雖然只有三幢大廈，衣食住行各樣設施齊全。坐落山上的新田圍邨，密度不高的建築自有一份寧靜。

常常覺得八十年代屋邨似乎掌握了建築與生活之間的平衡，我會用「平易近人」來形容這個年代的屋邨，感覺輕鬆，沒有過份的拘謹，一切都自在隨心。反觀現今的新屋邨，似乎以經濟角度考慮多於一切，「地」要盡用，變成密集式建築，在建築的創新與熱誠上，八十年代的屋邨的確猶勝今天。

1981 年，出現了可以改善空氣流通、採光度、公共地方環境、建築設備、單位空間運用及向高空發展的標準新型公屋設計，名為三叉型／Y 型大廈（Trident Block）。Y 型大廈是一款具革命性的公屋設計，主要有三個特點：一、增加人口密度的同時提供更多的公共活動空間。因此 Y 型大廈向更高空發展，達 35 層高，是首次衝破 30 層的標準型公屋設計。以佔用相同的地盤面積計算，Y 型大廈的容量較傳統長型大廈增加百分之六十，可見 Y 型大廈在土地運用方面更有效率。

二、提供更舒適的單位設計。在採光及通風方面，Y 型設計能引入更多的自然光。在單位的設計上，採用了無間隔設計，Y 2 型大廈更套用了「多房」的概念，即住戶可在單位內間多個房間，而每個房間有獨立的窗戶，亦不會影響客廳的採光。要達到這個要求，傳統的箱式單位設計必須放棄，因此 Y 2 型採用了多邊設計的單位來達至一屋多房的設計概念，充份發揮了靈活性，跳出傳統公屋設計的框框。

三、改善公共地方的採光及通風問題。Y 型大廈雖然依舊採用傳統中央走廊佈局，但每翼設有空廳增加採光及通風。另外，每隔三層出現的公共空

間，形成多個小型的空中花園。

在 Y 型系列大廈之中，共有兩款設計，分別是主力提供小型單位的 Y 1 型及主力提供中大型單位的 Y 2 型大廈。它們的中央屋宇部份採用相同的設計，但每翼的設計則不同。1983 年，Y 型大廈的設計重新改良，衍生出設計更成熟的 Y 3 及 Y 4 型大廈。

其實，Y 型大廈的出現，某程度上與政府在八十年代大力發展新市鎮有關，由於新市鎮的地盤面積大，有利興建屬龐然大物的 Y 型大廈。而後世代的和諧式公屋設計亦充滿 Y 型大廈的影子，可見其突破性的深遠影響。

九十年代倒模建築──和諧式

和諧式公屋是一款在公屋發展史上扮演領導角色的設計，於 1989 年面世。它的設計概念，是集合了 Y 型公屋的突破性設計與相連長型公屋的靈活設計於一身，並同時取代這兩款於八十年代設計的樓宇，為九十年代的標準設計訂立新的方向。

在建造成本方面考慮，設計越是統一，建造成本以至建造時間皆可降低。和諧式採用了標準構件與尺寸互相配合的方法，可因應不同的限制及需要而構造不同類型、由小至大的單位設計。和諧式大廈設計可分為和諧一型、二型及三型，隨後亦衍生出和諧鄉郊型及附翼大廈。而「和諧」之意，就是代表了這款大廈能夠滿足不同大小家庭的需要，提供一個舒適的居住環境。

八十年代有趣之處，在於多元的標準化設計。然而九十年代太理想太完美的標準化設計，反過來就是一式一樣的倒模建築。九十年代落成的公屋幾乎以同一個面孔示人，和諧式大廈於各區開枝散葉，尤其是和諧一型，全港有近三百幢，無論去到哪一區，都看見這張臉，如複製都市。

由於土地資源在九十年代變得越來越珍貴，加上舊型公屋大規模重建帶來的巨大房屋需求，如何好好運用「地積比率」變成主要的考慮因素。以往的屋邨會考慮環境與建築之間的平衡，不會把土地潛力用盡，但九十年代的屋邨則從經濟角度出發，盡用土地資源。

以公屋居住質素來看，和諧式大廈的設計的確幾近完美，就算現今的新公屋

單位亦沒有九十年代和諧式大廈般大。以一個一房單位來說，室內樓面面積約 34 平方米，而編配標準為每人至少有 7 平方米，即是說四人家庭最少要有 28 平方米，扣除後，和諧式的一房單位還有約 6 平方米的鬆動空間，變相是「住大屋」。

在內，居住單位面積增大了；在外，公共空間卻幾乎在收窄中。為了善用地積比率，令到地盤可以多起幾幢大廈，唯有從公共空間著手，把原本在地面的休憩公園及球場，設置在多層停車場及商場的天台。公共空間散落在不同的平台上，距離遠了，失去了應有的連繫。因此，九十年代的和諧式屋邨，住得好了，卻開始失去一份生活應有的自在。

而九十年代的大規模重建，也進一步推倒舊型公屋的橫向肌理，換成 40 層高的縱向肌理。

千禧年構件式設計

千禧年代中期開始，標準設計的新和諧式大廈與非標準設計大廈雙軌並行，兩者各有優劣。2008 年一款糅合了以上兩者優點的新型公屋推出，稱之為構件式單位設計大廈。其設計意念是先統一了不同類型單位的基本尺寸，再按地形設計組合出不同款式的大廈。簡單說，即是單位類型是標準化，而整幢大廈的建築設計就是非標準化。

構件式單位設計大廈陸續於 2012 年建成，至今仍是主力的公屋設計，甚至近年推出的新居屋，都以這款設計為基礎。非標準設計帶來的靈活性，既可克服地形的限制，又可以應用更多創新的概念。牛頭角上邨第二及三期於 2009 年落成，邨內共有 6 幢呈 Z 字型的非標準設計聳立在窄又長的斜坡上，其中一個賣點是首個應用微氣候研究的公共屋邨，策劃樓宇佈局時以電腦模擬日光、風向等數據，從而修定每幢樓宇的外型及佈局，提高通風及採光度，達到減少能源損耗的目的。

總而言之，經過五十年代的啟蒙期，六十年代的躍進，到七八十年代的現代化設計，再經過九十年代的標準設計，香港公屋水平的確不斷進步，從五十年代初人均面積 2.2 平方米，到今天人均面積 7 平方米，已增加了兩倍多。問題是九十年代新市鎮發展時期的公屋，人均面積為 10 平方米，所以近年便有「越住越細」的感覺了。

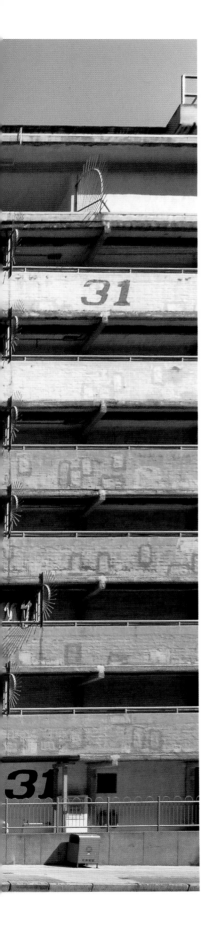

石硤尾邨前半生的故事，我沒有親眼看過，當我來得及接近時，它已是風燭殘年，而石硤尾邨最後一批徙置大廈已於二〇〇六年清拆。

2005 / 石硤尾邨

經過改建的石硤尾邨，共用廁所變成獨立廁所，有些甚至前後單位打通，改建工程令它們延續壽命至二〇〇六年。

上頁：2004 / 石硤尾邨　　上：2006 / 西環邨

五十年代是公共屋邨的啟蒙時期，經過了六〇年的風雨洗禮，還未經重建的已寥寥無幾。

九十年代中有不少關於葵涌邨的新聞，如十七座頂層一單位大片天花突然塌下。在好奇心的驅使下，我首次踏足葵涌邨，看到疲態畢露的它。

上、下：1998 / 葵涌邨

上：1998／葵涌邨　　下：1995／葵涌邨

牛頭角下邨第七座屬第四型「十六層」公屋，是「八層」公屋後的飛躍，除了有獨立廁所設施，並有升降機服務，單位數目也大大增加。

1995 / 石籬（二）邨

2009 / 牛頭角下邨

上：2004 / 黃竹坑邨　　下：2005 / 黃竹坑邨

黃竹坑邨十幢大廈交錯相連，有如一個大型迷宮，原來設計是可以從第一座一直通往第十座，可惜第九座於一九八五年被列入問題公屋之一而遭清拆，從此第十座便變為孤兒。

黃竹坑邨

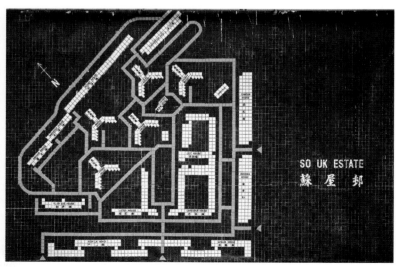

屋宇建設委員會旗下的屋邨都沒有「屋邨味」，而是各有味道，人大了才知不常見的設計更為可貴。

上：2009／蘇屋邨　　下：2005／蘇屋邨

每戶都有大露台，兩端半圓形的外露樓梯有豐富的建築層次感，這樣的設計蘇屋邨內便有五幢：綠柳樓、丁香樓、櫻桃樓、楓林樓及金松樓。

上：2016 / 南山邨　　　下：2017 / 禾輋邨

建築在山崗之上的屋邨，總有一份獨特的層次感。葵盛西邨也不例外，十幢大廈錯落在不同的平臺上，靠著兩組大型運輸升降機連接「天」與「地」。

祖堯邨有四幢採非主流建築設計，每三層才有通道接連升降機大堂，令採光及通風效果更佳，空間感亦十分豐富。

祖堯邨中心點是三十九層的啟敬樓，屬單塔式設計，其餘樓宇就採用橫向的長型設計，只有十多層高，並包圍著啟敬樓而建。這種「橫直」交錯，「高低」融合的視覺衝擊，建立了祖堯邨獨特的建築風格。

八十年代落成的屋邨，佔地廣闊，樓宇雖然高了，但整體環境也不會感到侷促，是建築與生活很好的平衡。

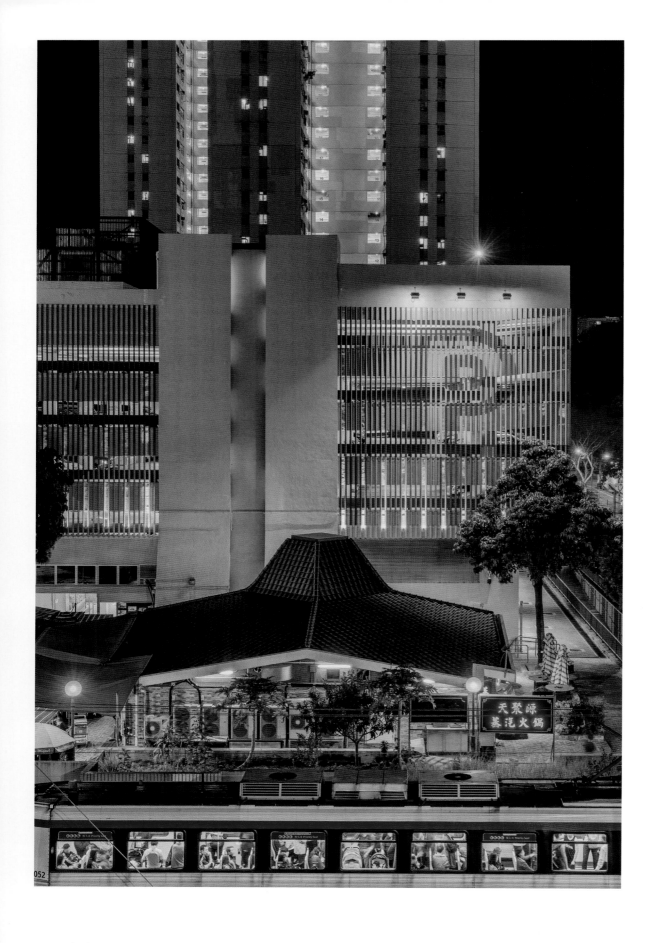

2013 / 榮昌邨（左）富昌邨（右）

九十年代的和諧式設計，集合Y型公屋與相連
長型公屋的靈活於一身，相對八十年代多元的
標準化設計，是倒模式設計。

2006 / 頌安邨（左）錦豐苑（右）

1995 / 慈愛邨（左）慈正邨（右）

二〇〇六年新落成的石硤尾邨重建的大廈內，率先採用非標準設計模式，波浪型的建築線條，單位有大型窗臺，「點、線、面」細緻豐富。

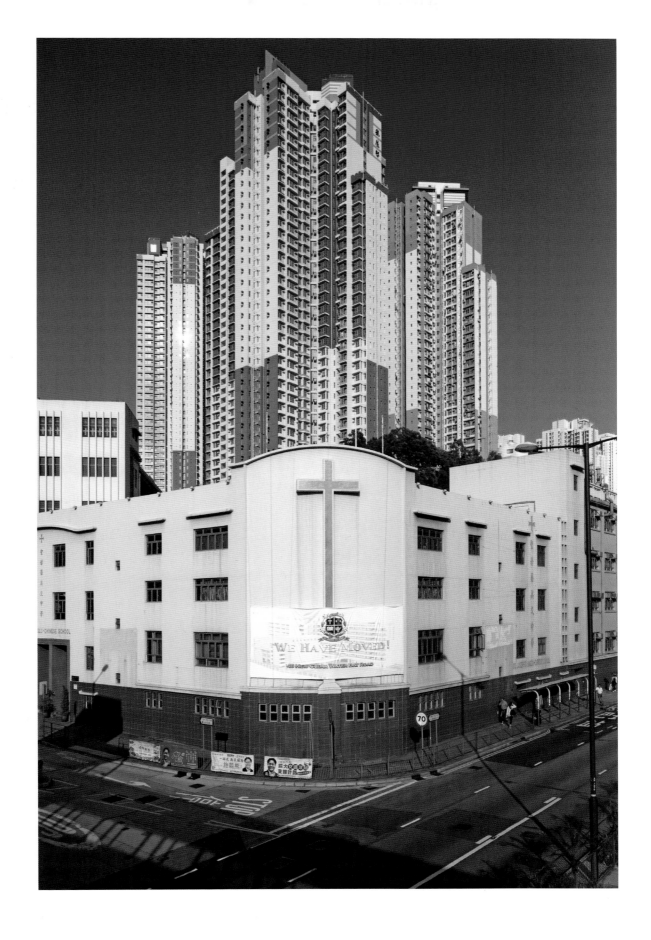

2009 / 牛頭角下邨（二區）（前）及上邨（後）

由於地面沒有太多空間建造休
憩設施，索性把部份公共設施
搬入大廈內，形成每隔三層便
設有一個空中花園。

2018 / 安泰邨

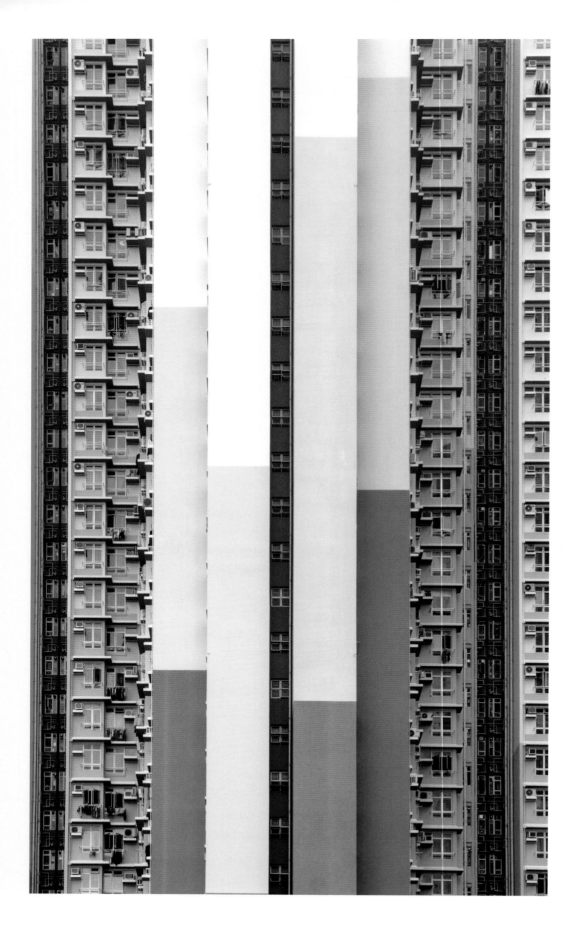

2

生 活 掠 影

Snapshots

屋邨就是社會的縮影,包含的元素多不勝數,由建築美學到人文風景,每每可從細微之處找到有趣的地方。一個平平無奇的窗口,也記錄著歲月痕跡,成為歷史的最佳見證。

萬國風情畫

公共屋邨沒有華麗的外表,單位亦只有簡單的設備,一切以實而不華為宗旨。面對生活空間有限,居民為滿足日常生活所需,要充份利用邨內每一寸空間作為工作平台。就以晾曬衣物為例,每逢艷陽高掛的日子,邨內經常就會出現「萬國旗」的畫面,無論是窗外的外置式晾衣裝置、大廈走廊、樓梯口、路邊欄河,以至兒童遊樂場的攀架,任何可曬太陽的地方都會成為邨民的繽紛晾曬場,這是公共屋邨中獨有的人文生活形態。

公屋的設計特點,是相對私人大廈有較多的公用空間,走廊亦多屬開放式設計,十分通爽,於是走廊盡頭的空間就成為了邨民曬衫曬被的好地方。居民就地取材,發揮小智慧,只需加幾個夾子,防護欄河即時變成晾衣架,每層晾曬著多種花款、不同顏色的被子。一層一層,一格一格,組合起來便形成一幅亂中有序的「萬國旗」景象,凸顯出平凡的日常生活中一種香港獨有的「屋邨感」。

屋邨球場是青年人踢波打籃球的聚腳點,但聰明的邨民當然不會放過這個開闊而免費的日光浴場,進行另類活動。曬果皮、曬鹹魚之餘,他們更在籃球

架繫上自己帶來的繩子用來晾曬衣服，由朝曬到晚，自然光、自然乾，非常環保，一串又一串「旗海」飄逸地圍繞著球場。縱然「主場」被侵佔，也無礙年輕人繼續進行球類活動，雖然不同的人為了不同的目的來到屋邨球場，也可融洽共存。

俗稱「三支香」的插筒式晾衣裝置，早在六十年代建成的蘇屋邨已可找到蹤影，也從第三型徙置大廈開始，成為了公屋標準的晾衣設備。一支又一支掛滿衣服的晾衫竹插在大廈外牆，配合高密度的居住環境，鮮明的點、線、面使「三支香」成為了公共屋邨的一大景致。

兒童天地

回想童年在沙田的歲月，對屋邨遊樂場的印象依然深刻。沙角邨雲雀樓旁邊的一個大型遊樂「基地」，更是邨內小朋友最愛的地方。大量遊樂設施，單是滑梯已有三款，記得有一個以混凝土建造的大城堡加迷宮設計，爬上約三米高的城堡後有一條 90 度角的石屎滑梯，而下方就是小型迷宮，相當好玩。另一個是以圓孔為梯級的石屎滑梯，小時候的我要攀上這個梯級其實頗有難度，因為圓形踏腳位的跨度太闊，撞到石屎板又會很痛，因此當時的小朋友都喜歡索性由滑梯那邊直接助跑衝上去，然後再滑下來。這款大滑梯還有一個好玩之處，因為夠闊，可以幾個小朋友鬥快瀡滑梯，坐在紙皮上會瀡得更快。還有一些攀架、木馬及雙面滑梯等設施，就這樣消磨一個下午。

八十年代的沙角邨遊樂場是當時新穎的設計，富有歷奇探索的概念。再回首童年在外婆居住的慈雲山徙置區，遊樂設施並不多，只有在中央遊樂場找到韆鞦、馬騮架及石屎水渠的捐山窿，這些都是六十年代的設計，原始得多。記得小時候爬馬騮架是十分驚險的，隨時會失手跌落沒有軟墊的地面，捐山窿內有很多積水，又很容易「撼親頭」。

遊樂場記錄了每一個人的童年回憶，今日舊地重臨，迷宮拆卸了，石屎滑梯也不見了，換成新式的塑料遊樂設施。新式的注重安全，舊式的好玩刺激，新舊交替的時代下，能留下來的舊事舊物已越來越少，每次發掘它們的蹤影，都如遇上久別重逢的舊朋友。

木馬，因為造型五花八門又有個性，別稱「神獸」，以鐵材鑄造，常見的造型起碼有十多款，取材自動物及運輸工具，如蜜蜂、鴨仔、電單車、轟炸機

等等，把形象卡通化，配上不同的顏色，每一隻都是獨一無二。雖然搖擺的幅度不大，騎在上面也只是搖兩搖，聊勝於無，但令人興奮的勝在「有得揀」。通常遊樂場都有幾隻木馬，從中揀一隻最喜愛的神獸、最喜愛的顏色，快樂其實很簡單。

蹺蹺板，一個人玩不到，要找個伴在對面相陪，訓練我們的默契及團隊精神。人數由二至四人不等，蹺蹺板的設計也是各形各色，簡單的兩邊只有一個扶手，花心思的以木馬「神獸」為主角，四人騎乘神獸一同較量，鬥智鬥力。

2015 年，大圍美林邨一條旋轉鐵滑梯因日久失修，傳聞將會拆卸，我們才驚覺七八十年代屋邨的經典鐵滑梯原來已經所剩無幾，瞬即吸引大批大朋友帶同小朋友來拍照留念，一條鐵滑梯，穿越兩代人的兒時回憶。常見的旋轉鐵滑梯有 15 級的高身版及 10 級的矮身版兩款，分為單旋轉及雙旋轉設計。一字形的鐵滑梯也很常見，直上直落，相比之下旋轉式的趣味性就吸引得多。除了鐵滑梯，以石屎建造的滑梯也是一代經典，有時甚至依山坡而建，或是配合庭園假山，沿著斜坡由高處滑下，每一條都是因應地形而出現的獨特設計。

南山邨平台的幾條「彩虹橋」，是經典的「打卡」聖地。其實它們是七十年代屋邨很常見的遊樂攀架，可以說是「馬騮架」的入門版，好玩度及驚險度不高，卻以吸引的半圓外形搭救。這款彩虹橋在其他屋邨早已消失，唯有南山邨依然保存經典。記得白田邨第 1 座旁邊以前有一個鐵攀架，外形猶如一個倒轉了的筲箕，很多時都成為了居民曬衫曬床單的公共晾衣架。八十年代，屋邨的遊樂攀架出現了一些變化，多了卡通化的設計，蝸牛、毛蟲、跑車、火車頭等等，造型比以往的生動有趣得多；還出現了繩網型的攀爬塔，難度較高，要爬上塔頂並不容易。記得以前一班小朋友利用這個繩網攀爬塔玩「猜皇帝」，階級層層而上，皇者安坐最高點，原來我們從小就不經意學習了社會哲學。

韆鞦架的進化最明顯的地方是座位的設計，舊式的只是一塊木板，八十年代使用橡膠車呔，記得看過一些電視舊片段，甚至是以木馬的「神獸」作為座位。

結合滑梯、攀架、韆鞦等玩意，一次過滿足幾個願望，成為八十年代常見的

大型組合式遊樂設施，尤其以木頭為主體結構的最普及。木頭組合通常分成兩邊，中間以一條木橋連接，沒有樓梯，爬上去的時候靠攀著由多條鐵通構成的支架，或是抓緊木頭借力。鐵滑梯、韆鞦、攀架分佈在木頭組合的不同角落，而木頭又砌成平行木、蓮花椿，成為一大班小朋友追追逐逐的樂園。一體式設計就是一個「PlayHub」，時至今日的新式遊樂場依然沿用這種模式。

印象中，八十年代童年時玩過的氹氹轉已經是鐵製，更舊款由木製的好像沒有玩過。以前是「大圓」，一個氹氹轉可以同時容納十多人，現在的是「小圓」，企上五個人已經「爆棚」。

石屎製的乒乓波檯在無數的屋邨中出現，有時在空地上，有時則在樓宇地下的室內空間，記得童年時常常跟父親到沙角邨銀鷗樓地下的乒乓波檯打波，檯面雖然光滑，但總會發現很多由塗改液寫的「刻字」，有愛有恨有惡作劇，波檯變成留言板。

踏入社會由遊樂場開始，是你我成長、學習待人處事的必經之地，運用小智慧把單一的遊樂玩意變得新奇有趣，好玩就是在於我們的創意。

風俗節慶

傳統風俗是屋邨的人文生活之中不可或缺的一景，一年之計在於春，就由農曆新年開始說起。無論在大廈入口或是行人通道都掛滿了賀年佈置，記得有一次到訪美林邨美楊樓，正門前方搭起一個大型的賀年牌坊，充滿特色。

春夏之間，又是慶祝天后誕的時候了，不得不提一下屯門的三聖邨。屯門本來是漁民定居之處，水上人以捕魚為生，天后信仰根深柢固，慶祝天后誕一直是當地的傳統風俗。七十年代開始政府發展屯門新市鎮，填海造地，七十年代尾老鼠洲一帶的漁民獲安排上樓，入住旁邊新落成的三聖邨。他們於屋邨中繼續保持天后誕的傳統，更發揚光大，大型的花牌及神像放在屋邨的當眼處，配合舞獅表演與鑼鼓聲，旗幟飄揚於燈火之間，熱鬧非常。

居民的背景，影響著屋邨的文化，農曆七月是潮州人繁忙的月份。盂蘭節又稱鬼節，提起總教人心寒，各屋邨都有不同的相關活動，大至球場的盂蘭勝會，小至樓梯口的單獨祭祀，形形色色、大大小小的香燭祭品，組合起來就

成了本土的盂蘭節文化。

小時候在外婆的家中望向慈雲山遊樂場，整個球場搭起了幾個大型竹棚，傳來陣陣聽不懂的潮劇戲曲，我問外婆是不是有大型表演活動，她說：「是盂蘭勝會。」到底什麼是盂蘭勝會，那時我沒有去探究，直至千禧年代，牛頭角下邨踏入最後歲月，遇上中央球場正舉辦盂蘭勝會，我才好奇地前往一看究竟。大型戲棚，接近兩層樓高的紙紮大士王，居民上香火也添香油，又有巡遊、神功戲及破地獄等環節，連續 4 天的盂蘭勝會原來一點也不詭秘。

華富邨的鬼節又是一個很特別的情景。我走到一幢雙塔式大廈，天井裡放了一個高身的鬼王及一些紙紮品，前方有一張鋪了紅布的大檯，上面是水果及香爐。心想，如果下雨豈不是會淋壞紙紮品？仰望上方，真的不得了，原來早已用帆布臨時覆蓋整個天井。此時有一位伯伯對我說：「靚嗎？我們自己整的。」旁邊幾位婆婆則報以微笑：「我們負責摺元寶。」原來他們是大廈的互助委員會，四個月前開始就要準備一切。首先是籌備資金，通常由大廈居民及已搬離的舊街坊捐獻，幾萬元的款項，扣除訂製紙紮品及安排道士進行法事，已經所餘無幾，其他的就要靠自己及邨民出力協助。幾位婆婆花了三個月用人手摺元寶，砌成了金銀船放在祭品之中，又砌成一串又一串的風鈴，掛滿了整個天井，伯伯說：「就連天井上的帆布，都是我們一班街坊自己掛的。」我驚嘆小小天井有如此精彩的佈置，他說：「明天會更精彩呢。」

星期日一早，現場附近已聞到濃濃的香火味。整個天井都擠滿了人，幾個道士在天井一角「開壇」，樂器聲於天井中反彈，如環迴立體聲，提醒居民前來參與。由早到晚，每個時段都有不同的儀式，中午時候主席陪同道士們，由頂樓圍著天井逐層向下行，原來居民早已在大廈中曾發生不愉快事件的位置打了記號，當經過記號時便會進行儀式。傍晚的破地獄儀式，熊熊火光吸引很多街坊圍觀。晚上的過橋儀式，幾十名街坊捧著先人的紙紮神主牌走過金銀橋，最後隨著頌經聲，所有紙紮品包括大士王都被移到外面的化寶盤火化。

有趣的是，華富邨的盂蘭勝會是以「樓」為單位，例如華昌、華生、華景、華泰樓等，由各互助委員會自行安排盂蘭勝會，因此邨內同時會有幾幢大廈各自舉行活動，並有不同的佈置，例如華昌樓喜歡把大士王安放在天井正中間，而華景樓則放在轉角位。除了華富邨，愛民邨也是各幢大廈自行安排盂蘭勝會的。

很快又到中秋，晚上的屋邨廣場有猜燈謎遊戲，一班小朋友拿著燈籠追追逐逐，不亦樂乎，家家戶戶也在走廊掛燈籠。記得有一年，我在華富邨華景樓看見了一個很有趣的畫面，居民在大廈天井放了幾張摺檯，幾十人聚在一起吃湯圓，猜燈謎。大廈的互助委員會主席說：「今年人力及資金方面趕不及舉行盂蘭勝會，剩下的一些錢便辦了這個中秋晚會。」真的是一個多麼溫馨、多麼溫暖的中秋晚會，簡單而快樂。

近年受關注的薄扶林舞火龍活動，規模越來越大，火龍路線以瀑布灣為終點，途經華富邨時相當熱鬧，有些居民在大廈走廊圍觀，有些沿馬路兩旁侍候，火龍到達華富商場的廣場表演，引來更多人觀看，氣氛推到最高點，最後沿邨內的瀑布灣道走到終點，進行落水儀式。

一年又到尾聲，聖誕節氣氛濃厚，不過屋邨中的聖誕佈置並沒有私人商場般的華麗，少了一份商業味，卻反而保留了聖誕節應有的初心。有一次經過長青邨的雙塔式大廈，一棵佈置簡單的聖誕樹安放在天井中間，上面掛了一些燈飾，樓層的走廊燈火環繞著它，平凡得來卻又有「回家」的感覺。

年復一年，傳統風俗文化在屋邨中循環，交織一幕幕由歷史說出的小故事。

民以食為天

就算未曾住過公共屋邨，說起冬菇亭這三個字，你我都一定不會陌生。它是屋邨涼亭式熟食檔的俗稱，因外觀而得名，代表著獨特的屋邨飲食文化。1975 年，首三座冬菇亭於愛民邨建成，每座有四個熟食檔，出售各式各樣的平民美食。隨後數年，屋邨的熟食檔都採用不同設計，直至 1980 年開始落成的公共屋邨，才把冬菇亭成為標準的附屬設備，近 100 座冬菇亭分佈於港九新界不同屋邨，至 1988 年才停止興建。

童年在沙田生活的歲月，我每天都會經過沙角邨口的三座冬菇亭，絕對可以「由朝食到晚」，一日食足五餐。記得小學時逢周六要早起上學，匆匆忙忙中，我的早餐就是冬菇亭內一間粥品店的白鬆糕，依然記得那一份簡單的清甜。午餐有粉麵檔、茶餐廳選擇，中午過後糖水舖開門營業，我很喜歡吃那裡的凍豆腐花。晚上，跟家人到德記吃風味小炒，還有馳名的沙田乳鴿，有時熱鬧得座無虛席，便要延伸至露天的馬路邊。凌晨 12 點，肚子有點餓了，媽媽給了我一個鐵壺，著我到德記買雞粥，我拿著盛滿熱粥的鐵壺回

家，冬菇亭的回憶就是這麼的熱辣辣。

近年屋邨商場私有化，不少冬菇亭進行改建，由大排檔走向餐館模式。其實早在九十年代中期，因為管理及衛生問題，房屋署於石圍角邨、安定邨及彩園邨進行試驗計劃，拆除冬菇亭並重建成有空調設備的美食廣場，卻失去了冬菇亭的原始風味，計劃就止於這三條屋邨。

原汁原味的冬菇亭現時已經碩果僅存，有些改建成商店，有些變成高檔酒家。人長大了，依然惦記這種味道，一有空也會跑回沙角邨，再嚐這滋味。

屋邨小店

生活百貨，屋邨總有各式各樣的小店滿足日常所需，由邨口的小小報紙檔，到熱鬧非常的酒樓皇宮，每一間商戶都有其角色及定位。

早期的屋邨，沒有商業中心，店舖只是設在「樓底」，住宅大廈的地下匯聚成一條百貨街。後來多層商場漸漸普及，麵包店、髮廊、醫務所、藥行、鐘錶行、電器舖、超級市場、家品雜貨舖、食肆、文具店等等出現於不同樓層，街市的乾濕攤檔也被好好劃分，一切都在規劃下百花齊放。

相比今天的商場由大型連鎖店主導，小店老闆總是較冰冷的商人多一份熱誠，營運上也更具彈性。記得小時候上學前，有時會先到沙角邨沙燕樓地下的麵包店買麵包，店舖雖小，麵包款式卻多不勝數，由無餡料的豬仔包，到甜甜的雞尾包，還有又甜又鹹的墨西哥包，以至是一絲絲的椰卷，各有自己的味道；甚至同一條屋邨內的兩間麵包店，所做的菠蘿包都是不同韻味的。現在的大型連鎖店，在機械化生產下味道似乎已經千篇一律，吃腸仔包偶爾出現提子乾的彩蛋，唯有在小店能夠找到。

南山邨一間麵包小店，店前空間放了幾張不知從何處拾回來的舊椅子，方便顧客安坐，好好享用新鮮出爐的麵包。午市繁忙過後，生意不多，富山邨內一間燒味檔的店東索性坐在店前玩玩手機，消磨悠閒的下午，自得其樂。興華二邨大型升降機塔下的小小報紙檔，老闆娘正在整理檔口，一位老街坊走過來寒暄一番，一人一句停不了的對話，似乎「打牙骹」比做生意有意義得多。這就是小店靈活、人性化的一面。

人情點滴

建築成就了屋邨風格，建立起我們對屋邨的第一印象。而屋邨中的人，建立起每一個社區的獨特節奏，成為了第二印象。人文生活與建築兩者相輔相成，刻畫屋邨中的人文風景。

一個尋常的籃球場，用途不止於地上的三分線。球場的一天裡，早上是晨運的好地方，還有太極隊在耍功夫；中午陽光充沛，於籃球架拉上一條繩子，瞬間變成晾曬場；下午放學後終於是用來打籃球，不過踢踢足球、打打羽毛球、玩玩滑板也未嘗不可。華燈初上，居民來練習跑步，行個大運散心，老友們打個招呼，不需約定，適當的時間就會遇上適當的人。球場其實並不簡單，是屋邨中一個集合點。

一張尋常的長椅，每次總會遇上不同的人，故事有甜有苦。一個老伯孤獨一人坐在長椅上，陪伴他的是一根氣勢磅礡的枴杖。三位街坊在長椅上抬頭一笑，是為了欣賞公園中盛開的花朵。

一個尋常的街市，熱鬧的擠得水泄不通，冷清的就剩下自得其樂。有人玩手機消磨時間，有人開檯在通道吃飯，有人望著賣不去的東西一臉神傷。

一個尋常的商場，小朋友望著夾糖機的機械臂，臉上流露一份希冀，超級市場門口的街坊為慳一蚊而煩惱，顧客最後一次光臨快將結業的小店，也有報紙檔仍然屹立不倒。

一個尋常的涼亭，好天氣時是捉棋行樂的好地方，下雨天時是躲避風雨的瓦遮頭。

一個尋常的晚上，屋邨中的流浪貓約定了幾位街坊敍舊。

尋常的人文生活片段，原來一人總有一個故事。

上：2017／順安邨　　下：2016／南山邨

上頁：2014 / 順利邨　　上：2015 / 大窩口邨　　中：2006 / 華富邨　　下：2015 / 漁光邨

上：2016 / 瀝源邨　　中：2009 / 南山邨　　下：2016 / 美林邨

上、下：2005 / 沙角邨

上：2016 / 美林邨　　下：2015 / 美林邨

177

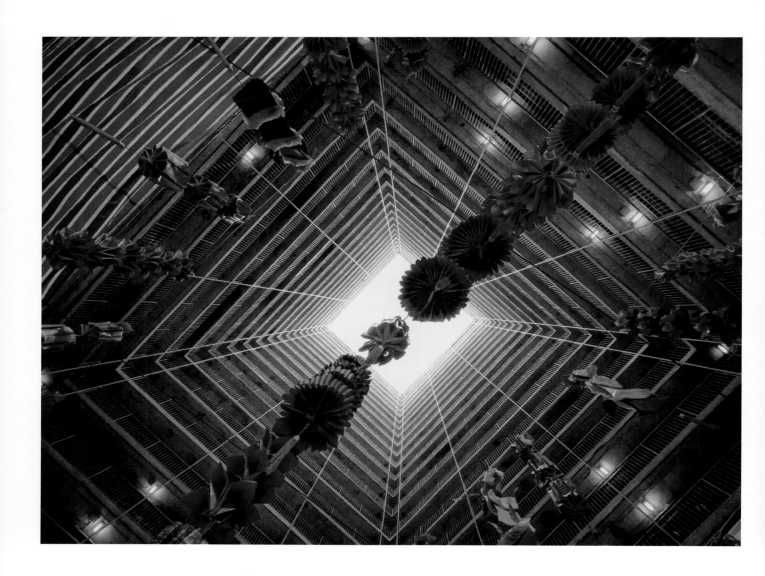

上：2016 / 華富邨　　下：2013 / 華富邨

上、下：2014 / 華富邨

上：2012 / 彩雲邨　　下：2013 / 沙角邨

上：2016 / 秦石邨　　　下：2018 / 博康邨

上：2018 / 博康邨　　　下：2013 / 長康邨

上頁：2014／南山邨　　上：2013／福來邨　　下：2017／三聖邨

上：2016 / 南山邨　　下：2016 / 興華二邨

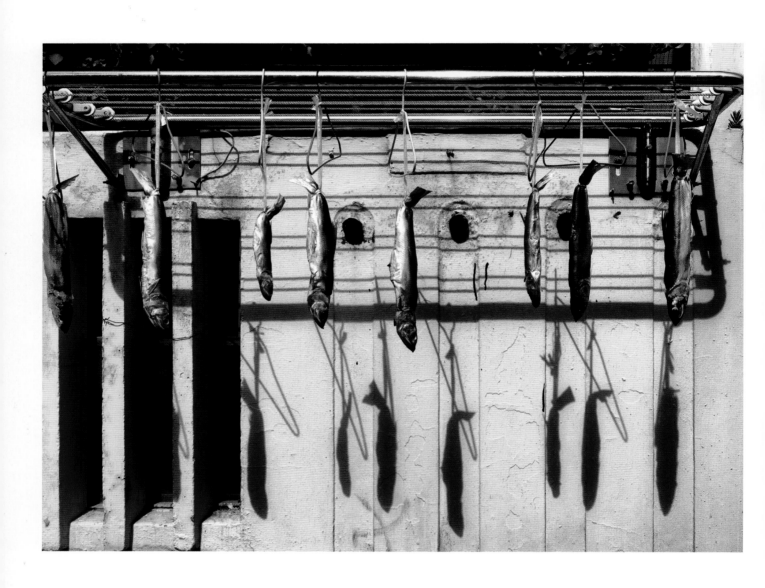

上：2016／華富邨　　下：2016／乙明邨

3

公 屋 的 視 覺 美 學

Aesthetics of Public Housing

秩序井然的點線面

公屋帶給我的第一個視覺印象是線條簡潔而明快,沒有堂皇大宅的氣派,卻有實用流暢的靈魂。第二是井然的秩序,屋邨佈局富有層次,各座樓宇排列整齊,且大都會採用近似的外形,無形中建立了「團結」的形象。第三是複製性,樓宇的立面由過百個單位組成,它們都重複著相同的面孔,而相同的樓宇設計又會出現在不同區域的屋邨,連成了社區之間的「血緣關係」。簡而言之,就是由點、線、面三方面築構成的視覺衝擊。

點,我把它理解成形狀,是圓,是方,是三角、多邊也可以,在畫面中它可以是個體,也可以以群體出現。從建築設計的角度看,大型牆壁上的小窗戶、方形的公共走廊、明亮有序的走廊燈火,以至一格格的通花磚牆,都可以演繹成「點」。建築離不開生活,在整齊的大廈外牆上曬出來的被單,球場上拚勁的年輕人,穿梭在樓宇走廊間的人流,雨中的路人,被樓宇包圍的鳳凰木,夕陽的鹹蛋黃,都可以是「點」。

線,筆直的,橫向的,弧形的,彎曲的,有時交錯地分割了畫面,有時平行地連結兩邊的「點」,視覺上是整個畫面的結構根源。屋邨建築有一種重複性,例如大廈每層的腰線設計,堆疊至 20 層高,就是一種有秩序的複製;樓梯的斜線,日照的陰影,都是「線」的元素。仰望公共走廊,也會出現強烈的交錯線條,不少人喜歡拍攝的井字型雙塔式大廈,就是這樣的視覺結構。從生活上,「線」可以是籃球場的邊界線,晴空下一串串掛著曬晾的衣服。

面，平面的，多面的，立體的，一幢長型公屋大廈，最少也有四邊，即是有四個「面」。它由牆壁、窗戶、欄杆等組合而成，幾幢大廈可以組合成多個不同的「面」。它可以是主角，例如整幢大廈的立面填滿了鏡頭的一面，表達生活的壓迫感；亦可以是背景板，為「點」及「線」當配角，例如一個小孩在大廈前的空地踏單車，這時小孩是「點」，而大廈就是「面」。

屋邨中的點、線、面，其引人之處就是它的整齊秩序，本身就帶有強烈的個性及風格，結合個人情感投射，成就屬於屋邨生活的人文風貌。

外牆粉飾工程

外牆色調也是屋邨的視覺藝術之一。色調是我們對一條陌生屋邨的第一印象，先入為主地影響我們對屋邨的觀感。繽紛如彩虹邨，七彩又有活力，帶出一種富有夢想的氛圍，美麗得令人忘記了它其實是一條超過 50 年歷史的老牌屋邨；又或是舊日全綠色的興華二邨，總有一種說不出的神秘感。顏色，就是這樣直接觸動我們的視覺神經。

早在五十年代的徙置大廈開始，屋邨已經運用不同的配色來區分。記得八十年代的慈雲山分成五條邨，當中慈樂邨的大廈髹上橙色，而外婆居住的慈愛邨則髹上紅白色，分別很明顯。就算同一條屋邨內的大廈，有時也會採用不同的顏色，友愛邨就是其中一個例子。

每隔一段時間，屋邨外牆開始褪色，變得殘舊後，便會進行翻新工程，以七十年代中落成的愛民邨為例，一直都以灰色的石米外牆作飾面，只有少量地方如欄河才會髹漆。石米牆的好處是保養容易，可是總有一種灰沉沉的老氣感覺，直至 2007 年進行翻新工程，髹上米色及綠色，亦由分層間色改為按區域塗色，由成熟保守變成了富現代感的色彩配搭。屋邨以往的配色通常較鮮，而近年則傾向粉色系。彩虹邨 1994 年一幢樓髹上 20 種鮮艷的顏色，到 2014 年翻新時卻改用了較柔和的粉色，見證了不同年代的美學轉變。

為外牆添上圖案也是屋邨的特色，城門河畔的瀝源邨，七幢大廈的外牆都髹上了波浪及魚兒圖案。荔景邨的風景樓、日景樓及樂景樓，於 1997 年髹上了巨型壁畫。沙角邨以鳥類命名的大廈，2005 年翻新時就畫上了雀鳥圖案。色調，能反映當下的流行風格，也能影響我們對屋邨的觀感，舊式屋邨換上繽紛色彩後，如返老還童。色調，是美學，也是建立屋邨風格的配方。

上：2013 / 梨木樹邨　　下：2015 / 葵盛西邨

換上新衣前，總會為選色苦惱一番，索性把心儀的幾個方案髹在外牆示範，看看哪個組合可以成為最後定案。

上上頁：2005 / 彩虹邨　　上頁：2014 / 彩虹邨　　上：2009 / 順安邨　　下：2005 / 愛民邨

福　海　樓
FOOK HOI HOUSE

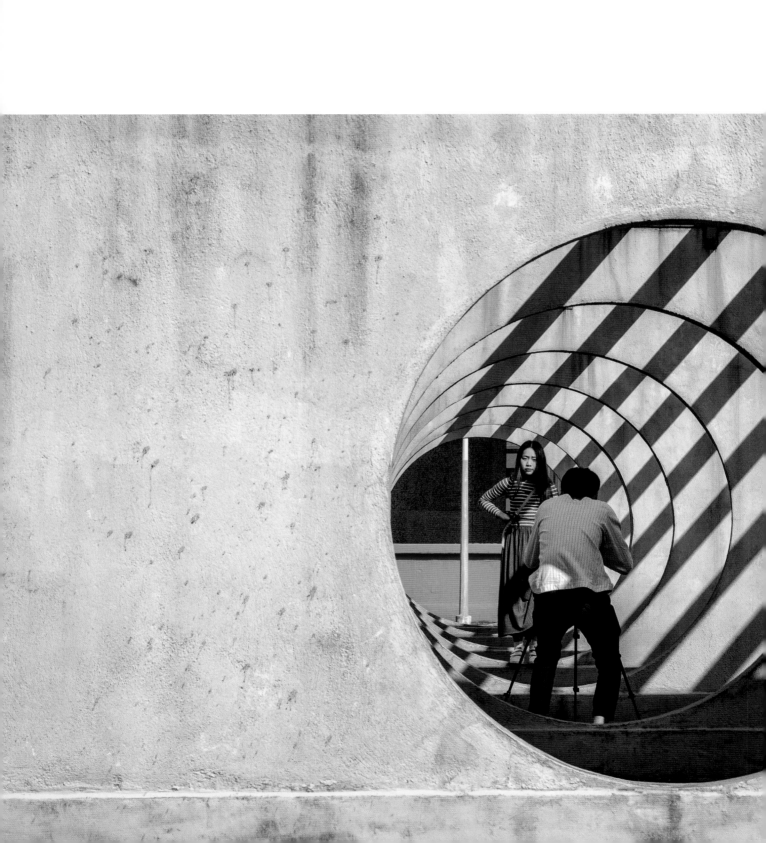

左：2017 / 樂華南邨　　上：2009 / 牛頭角下邨

附錄

圖 片 索 引
（包括落成年份及型號）

Photo Index
(including year of completion and estate type)

頁數	邨名	樓宇名稱	落成年份	樓宇類型
83（上）	南山邨	南偉樓	1979	長型
83（下）	禾輋邨	/	1977-1980	長型、雙塔式
84	石硤尾邨	20座（左）、19座（右）	1979	長型
85	大興邨	興昌樓（左）、興盛樓（右）	1977	十字型
86-87	湖景邨	湖光樓（左）、湖畔樓（中）、湖碧樓（右）	1982	雙塔式
88-89	華富邨	華景樓	1978	雙塔式
90（上）	葵盛西邨	6座	1976	長型
90（下）、91	葵盛西邨	9座	1976	長型
92	葵盛西邨	8座（上）、9座（中）、10座（下）	1975-1976	長型
93	祖堯邨	啟廉樓（左）、啟恒樓（右）	約1977、1978	/
94、95	祖堯邨	啟恒樓	約1978	/
96	祖堯邨	啟恒樓（前）、啟敬樓（後）	約1978、1981	/
98	顯徑邨	（左起）顯沛樓、顯德樓、顯揚樓、顯慶樓	1986	Y2型
99	小西灣邨	瑞樂樓（左）、瑞喜樓（右）	1990	Y4型
100-101	廣福邨	/	1983-1985	長型、雙塔式、Y2型
102-103	美林邨	美桃樓（左）、美楓樓（右）	1982、1981	三工字型、雙I字型
104	蝴蝶邨	蝶心樓／蝶翎樓	1983	梯級式
105（上）	蝴蝶邨	蝶舞樓／蝶影樓	1983	梯級式
105（下）	蝴蝶邨	蝶聚樓／蝶意樓（左）、蝶心樓／蝶翎樓（右）	1983	梯級式
106	顯徑邨	顯慶樓	1986	Y2型
107	樂富邨	宏樂樓（左）、宏逸樓（中）、宏旭樓（右）	1984-1985	長型
108	友愛邨	愛暉樓	1980	三工字型
109	友愛邨（左）	愛勇樓	1981	長型
	安定邨（右）	定祥樓	1981	長型
110-111	長康邨	康貴樓／康和樓	1980	長型

頁數	邨名	樓宇名稱	落成年份	樓宇類型
112-113	彩雲邨、麗閣邨、沙角邨、新田圍邨	/	/	/
115	榮昌邨（左）	/	2013	構件式單位設計
	富昌邨（右）	/	2001	和諧一型
116-117	寶達邨	達怡樓（左）、達欣樓（右）	2001	和諧一型
118	慈正邨	正泰樓（左）、正怡樓（右）	1999	和諧一型
119	尚德邨	/	1998-1999	和諧一型
121	平田邨	平美樓	1998	和諧一型
122-123	頌安邨（左）	/	1996-2001	和諧二型
	錦豐苑（右）	/	1996-2002	和諧一型、二型
124	慈愛邨（左）	44座（愛慧樓）	1967	第四型徙置大廈
	慈正邨（中、右）	48座（正怡樓）、49座（正泰樓）	1966	第四型徙置大廈
125	慈正邨	（左起）正怡樓、正泰樓、正旭樓、正明樓	1999-2001	和諧一型
126-127	石硤尾邨	19座（左）	1979	長型
		美如樓（中）	2006	非標準設計
		18座（右）	1957	第一型徙置大廈
128	石硤尾邨	美映樓（左）、美如樓（右）	2006	非標準設計
129	石硤尾邨	美映樓（左）、美如樓（右）	2006	非標準設計
130	石硤尾邨	美如樓	2006	非標準設計
131	石硤尾邨	美如樓（左）	2006	非標準設計
		18座（右）	1957	第一型徙置大廈
132	彩德邨	彩仁樓（左）、彩信樓（右）	2011、2010	非標準設計
132-133	彩德邨	彩敬樓（左）、彩亮樓（中）、彩賢樓（右）	2011	非標準設計
133	彩福邨	彩樂樓（左）、彩善樓（右）	2010	非標準設計
134、135	彩德邨	彩仁樓	2011	非標準設計
136-137	牛頭角下邨（二區）（前）	/	1967-1969	第五型徙置大廈
	牛頭角上邨（後）	/	2002-2009	和諧一型、非標準設計
138（上、下）	葵聯邨	聯喜樓	2011	非標準設計
139	葵聯邨	/	2011	非標準設計

頁數	邨名	樓宇名稱	落成年份	樓宇類型
140-141	迎東邨	/	2018	構件式單位設計
142	牛頭角下邨	貴亮樓（左）、貴顯樓（右）	2012	構件式單位設計
143、144	安泰邨	/	2018	構件式單位設計
153	石硤尾邨	22座	1979	長型
154	瀝源邨	/	1975-1976	長型
156	彩虹邨	金華樓	1963	長型
157（上）	順安邨	安群樓	1978	長型
157（下）	南山邨	南樂樓	1977	長型
158-159	順利邨	利康樓	1979	長型
160（上）	大窩口邨	富安樓	1980	長型
160（中）	華富邨	華清樓	1969	長型
160（下）	漁光邨	海港樓	約1963	/
161（上）	瀝源邨	榮瑞樓	1976	長型
161（中）	南山邨	南樂樓	1977	長型
161（下）	美林邨	美楓樓	1981	雙I字型
163	愛民邨	禮民樓	1975	長型
164	順利邨	/	1978-1979	長型、雙塔式
165	興華二邨	安興樓	1976	長型
166（上、下）	沙角邨	/	/	/
167	美林邨	/	/	/
168	青衣邨	宜偉樓	1989	Y4型
169（上）	漁灣邨	漁順樓	1978	長型
169（下）	麗瑤邨	富瑤樓	1977	雙塔式
170-171	祖堯邨	啟勉樓	約1978	/
172（上、下）	美林邨	美桃樓	1982	三工字型
173	漁灣邨	漁順樓	1978	長型
174-175	南山邨	南泰樓	1978	長型
176	主要為蝴蝶邨	/	/	/
178	華富邨	華生樓	1971	雙塔式
179-181（上）	華富邨	華昌樓	1970	雙塔式
181（下）	華富邨	/	/	/
182-183	三聖邨	豐漁樓（左）、滿漁樓（右）	1980	長型
184、186、187（上）	華富邨	華樂樓	1968	長型
187（下）	華富邨	（瀑布灣道）	/	/
188	華富邨	華景樓	1978	雙塔式
189（上）	華富邨	/	/	/
189（下）	華富邨	華翠樓	1978	雙塔式
190-191	長青邨	青柏樓	1977	雙塔式
192	三聖邨	/	1980	/
193	沙角邨	/	1980-1982	/
194（上）	彩雲邨	/	1979-1981	/
194（下）	沙角邨	/	1980-1982	/
195	啟業邨	/	1981-1983	/
196	沙角邨	/	1980-1982	/
198-199	禾輋邨	泰和樓（左）、民和樓（中）、富和樓（右）	1979-1980	雙塔式
201	南山邨	/	1977-1980	/
202（上）	秦石邨	/	1984	/
202（下）、203（上）	博康邨	/	1982-1985	/
203（下）	長康邨	/	1979-1986	/
204	富善邨	/	1985-1986	/
205	石圍角邨	/	1980-1982	/
206-207	南山邨	/	1971-1981	/
208-209（上）	福來邨	永嘉樓	1964	長型
208-209（下）	三聖邨	/	1980	/
210	美林邨	/	1981-1985	/
211（上）	南山邨	南樂樓	1977	長型
211（下）	興華二邨	裕興樓	1976	長型
212-213	李鄭屋邨	/	1984-1990	/
214	梨木樹邨	5座	1975	長型
215	愛民邨	禮民樓	1975	長型
217	葵芳邨	葵安樓	1990	相連長型
218	華富邨	/	1967-1978	/
219	蝴蝶邨	/	1983	/
220-221	華富邨	華裕樓	1968	長型
222	和樂邨	長安樓	1963	長型
223	大興邨	興盛樓	1977	十字型
224-225	象山邨	樂山樓	1979	雙塔式
226	梨木樹邨	3座	1975	長型
228	華富邨	華康樓	1968	長型
229（上）	華富邨	華裕樓	1968	長型
229（下）	乙明邨	明信樓（左）、明耀樓（右）	約1981	/
230-231	愛民邨	/	1974-1975	/

頁數	邨名	樓宇名稱	落成年份	樓宇類型
232	竹園南邨	/	1984-1986	/
235（上）	梨木樹邨	5座	1975	長型
235（下）	葵盛西邨	9座	1976	長型
236	葵盛西邨	8座	1976	長型
237	葵盛西邨	1座	1977	長型
238-239	彩虹邨	丹鳳樓	1962	長型
240-241	彩虹邨	丹鳳樓	1962	長型
242（上）	順安邨	安群樓	1978	長型
242（下）	愛民邨	頌民樓	1974	長型
243（上）	興華二邨	和興樓	1976	長型
243（下）	愛民邨	頌民樓	1974	長型
245	彩虹邨	綠晶樓	1963	長型
246	乙明邨	明信樓	約 1981	/
248、249	瀝源邨	福海樓	1976	長型
250-251	荔景邨	（左起） 7座（樂景樓）、 1座（風景樓）、 3座（日景樓）	1975-1976	長型
252	沙角邨	銀鷗樓	1981	三工字型
254	樂華南邨	/	1982-1985	/
255	牛頭角下邨	10座	1969	第五型徙置大廈
256	樂民新村	樂愛樓	約 1973	/
258-259	明華大廈	/	約 1962	/
260	牛頭角下邨	5座（左）、 4座（中）、 8座（右）	1968-1969	第五型徙置大廈
261	葵盛西邨	10座	1975	長型
262	華富邨	華珍樓	1968	長型
265	麗瑤邨	華瑤樓	1977	長型
266-267	長貴邨	長益樓	1974	鄉郊式
268（上）	葵盛西邨	5座（左）、 4座（中）、 3座（右）	1976	長型
268（下）	華富邨	華景樓（左）、 華翠樓（右）	1978	雙塔式
269	梨木樹邨	（右起逆時針） 楓樹樓、桃樹樓、 楊樹樓、翠樹樓、 榮樹樓	1999-2005	和諧一型、新和 諧一型（連附翼）
270-271	黃大仙下邨	龍輝樓	1983	長型

註

1. 「長型」樓型包含多種變化，泛指樓宇呈一字型發展，亦會以 L 型、V 型、T 型等不同形態出現。

2. 自出現「新長型」後，房屋署為「長型」易名「舊長型」。

3. 自出現「新十字型」後，房屋署為「十字型」易名「舊十字型」。

邨越時光

TIMELESS ESTATES —
PASSION FOR HONG KONG
PUBLIC HOUSING

光 —— 一種屋邨情懷

責任編輯　寧礎鋒
書籍設計　姚國豪

著　　者　梁瑋鑫

出　　版　三聯書店（香港）有限公司
　　　　　香港北角英皇道四九九號北角工業大廈二十樓
　　　　　Joint Publishing (H.K.) Co., Ltd.
　　　　　20/F., North Point Industrial Building,
　　　　　499 King's Road, North Point, Hong Kong
香港發行　香港聯合書刊物流有限公司
　　　　　香港新界大埔汀麗路三十六號三字樓
印　　刷　美雅印刷製本有限公司
　　　　　香港九龍觀塘榮業街六號四樓A室
版　　次　二〇一八年七月香港第一版第一次印刷
規　　格　大十六開（210mm × 270mm）二八二面
國際書號　ISBN 978-962-04-4367-1

三聯書店
http://jointpublishing.com

JPBooks.Plus
http://jpbooks.plus